若い男／もうひとりの娘

アニー・エルノー

堀 茂樹 訳

LE JEUNE HOMME
L'AUTRE FILLE

ANNIE ERNAUX

早川書房

若い男／もうひとりの娘

LE JEUNE HOMME
L'AUTRE FILLE
by
Annie Ernaux

Translated by
Shigeki Hori
First published 2024 in Japan by
Hayakawa Publishing, Inc.
This book is published in Japan by
arrangement with
Éditions Gallimard
through Bureau des Copyrights Français, Tokyo
and
direct arrangement with
Éditions Robert Laffont.

装画／横山 雄
装幀／名久井直子

若い男

もし私がそれを書かなければ、物事は完遂しなかった。
体験されただけにとどまった。

今から五年前のこと、まる一年越しに手紙を送ってきていて、私に会いたがっていたひとりの学生と共に、ぎごちない一夜を過ごした。

私はしばしば、自分の気分を強制的に執筆へと向けるためにセックスをした。行為のあとの疲労感と孤絶感の中に、人生にもはや何も期待しない理由を見つけようとしていたのだ。最高度に激しい期待、オルガスムスへの到達の期待の終わりを経て、本を書く喜びにまさる喜びはないという強い確信を自分が得られるようにと願っていた。もしかすると、本の執筆——大それた企てであるがゆえに着手をためらっていた本の執筆——に取りかかりたいというこの気持ちが私を突き動かし、食後酒を飲みましょうよと言わせ、自宅にAを招き入れさせたのかもしれない。レストランでの夕食の間、Aは内気さゆえに、ほとんど押し黙っていた。彼は私より三十歳近くも年下だった。

私たちは週末ごとに逢ったが、週末と週末の間の数日も、逢いたい気持ちがますます募るようになっていた。彼は毎日、公衆電話ボックスから私に電話してきた。同棲している女の子に疑われないでいるためだった。彼女と彼は、早すぎる同棲にともなう諸習慣と、大学で各科目の試験をパスしていかなければという日々の心配に囚われていたため、性交が多かれ少なかれ鈍化した欲望充足以外のものであり得るとは、想像したことが一度もなかったのだ。一種の連続的創造行為であり得るとは——。その新しさを前にして彼の示した熱意が、私をますます強く彼に結びつけた。徐々にアヴァンチュールがひとつの物語となり、私たちは、それが何を意味しているのかを知らぬまま、その物語を辿って、行くところまで行ってみたくなっていた。

彼が恋人と別れ、彼女がアパルトマンから退去すると、私は満足し、安堵して、金曜の夜から月曜の朝まで彼のところで過ごすのを習慣とした。彼はルーアンに住んでいた。一九六〇年代に私自身もルーアンの町で学生生活を送ったのだが、Ａと逢うようになった時期には、私はすでに何年もの間、Ｙ市にある両親の墓を訪れる折に通過するだけになっていた。私が着くとすぐ、持ってきた食料品の包みをそのまま台所に投げ出し、私たちは抱き合うのだった。ＣＤがあらかじめコンポに挿入されていて、寝室に入るとまもなく始動した。たいてい、ザ・ドアーズの曲だった。一瞬、私は音楽が耳に入らなくなる。

She lives on Love Street という歌詞の強調された和音とジム・モリソンの声が、

ふたたび私に聞こえてくる。私たちは、床にじかに敷いたマットレスの上で横になったままだった。その時刻、通りの交通量が多かった。車のヘッドライトが、カーテンの付いていない縦長の窓を透《すか》して部屋の壁に光を投げかけていた。十八歳のときから自分は同じベッドにいて、そこから一度も起き上がっていないような気がする。ベッドのある場所はさまざまで、一緒にいる男もさまざまだが、一人ひとりの区別がつかない。

彼のアパルトマンは市立病院に面していたが、そこは一年前から病院でなくなり、県庁舎に転用される予定で工事中だった。夜になると、その建物の窓に明かりが灯り、しばしば一晩中ずっと消えなかった。正方形の広い前庭が、閉まっている鉄柵の向こう側に、薄明るく空っぽな蔭の拡がりを作っていた。私は黒っぽい屋根を、建物の奥の方に姿を見せている教会堂の丸屋根を眺めていた。守衛たちを別にすると、そこにはもはや誰もいなかった。ほかでもないあの場所、あの病院に、学生だった頃の私は、一月のある夜、非合法妊娠中絶に起因する出血のせいで緊急に運び込まれたのだ。自分が六日間入っていた病室が建物のどの辺りに位置しているのか、もはや分からない。この驚くべき符合、ほとんど「あり得ない」と思えるほどの符合の内には、ひとつの不思議な出会いと、生きてみるべきひとつの物語のしるしが存在していた。

霧雨の降る日曜の午後には、二人して羽布団にくるまっていた。そして終いに、眠りに落ちるか、うとうとするのだった。静かな通りから、稀にしか現れない通行人——その多くは、隣にある受け入れ施設の外国人だった——の声が聞こえてきていた。そんなとき私は、自分がまだY市にいて、子供だった頃の感覚に立ち返っていた。日曜日、店を閉め、昼食を終えたあとの時間帯、疲れ果てた母が服を着たままベッドで眠りこけているそばで、私は本を読んでいた……。もはや年齢がなく、意識も定かでない状態で、私はある時から別の時へと移って行っていた。

私は彼のアパルトマンで、かつて学生結婚して夫と暮らし始めた頃に自分自身も体験した、簡素すぎて不便な住環境にふたたび遭遇した。サーモスタットの機能しない電気コンロしかないので、ステーキを焼くと肉がすぐにフライパンに焦げつきがちだったし、パスタもコメも、鍋のお湯がどうしても噴き出してしまう中でしか料理できなかった。温度調節がきかない古い冷蔵庫では、野菜室に入れたサラダ菜が凍っていた。天井が高く、窓がぴったりと閉まらず、電気料金の法外さを思うと電気ストーブで暖めるわけにもいかない部屋の中で、湿った冷気に耐えるにはセーターを三枚重ね着しなければならなかった。

彼は私をしばしば、〈ビュロー〉、〈ビッグ・ベン〉といった、若者たちが集うカフェに連れていった。セルフサービスのレストラン・カフェテリア〈ジャンボ〉での食事に誘った。彼のお気に入りのラジオ局は「ユーロップ2」だった。毎晩、彼は『ニュル・パール・アイユール』*を観ていた。街で、彼が挨拶する相手はいつも若者で、多くの場合に学生だった。彼が立ち止まって彼らと話すとき、私は少し距離を置いて待機した。彼らはチラリ、チラリと私に視線を向けた。立ち話が終わって、また一緒に歩き出すと、彼は私に、いまの相手が大学でどういうコースを辿っているか、何に成功し、何に失敗したかなどを事細かに語った。時折、私が振り返ったりしないように指示しながら、あそこを歩いているのは文学部の教授だなどと、そっと囁いた。彼は私を私の世代から引き離したけれども、私は彼の世代に入ってはいなかった。

＊　ニュース、音楽、お笑いを交えたトーク番組で、一九八七年から二〇〇一年までテレビ局「カナル＋」で放送されていた。

彼の嫉妬が極度に激しかった――私の家のトイレの便座が上がっていたという理由で、彼は、家に男を迎えただろうと言って私を責めた――ので、私に対する彼の情熱を疑うのは無駄なことだった。また、どうせあなたは男友達から、おまえ、閉経した女とよく付き合えるなって言われたのでしょうなどと、疑惑を元に非難するのもばかげていた。

彼が当時私に対して抱いていた熱情は、五十四歳になるまで、私が一度として恋人から向けられたことがないほどのものだった。

貧乏学生のつねで、彼は金銭的に安定しない、日常品にも窮する生活を強いられていた――彼の両親は負債を抱え、秘書の給与と、連帯雇用契約*に頼って、パリ近郊で暮らしていた――から、買うのはいつも、店でいちばん安い商品か、その日の特売品、チーズなら〈ヴァッシュ・キ・リ〉（廉価なプロセスチーズの商品名で、「笑う雌牛」の意）か、わずか五フランで買えるたぐいのカマンベールだった。毎日食べるパンのバゲット一本を買うのにも、スーパーマーケットの〈モノプリ〉まで出かけていった。〈モノプリ〉では、近所のパン屋で買うより五十サンチーム（通貨フランがユーロに切り換えられる前の〇・五フラン）安く買えるからだった。手許に金銭がないのは、彼にとっては親から引き継いだ常態であったから、彼の行動やとっさの対応は、おのずからその常態に応じるものとなっていた。それは、日々の困難をその都度切り抜けるための一種の要領のよさだった。たとえば、大型スーパーに行くと、実演販売の女性が差し出す皿に載っている試食用チーズの断片を片っ端から口に入れる。パリでは、トイレの使用料を払わずに用を足すために、決然としてカフ

＊　国の負担で地方自治体などが結ぶ失業者支援の雇用契約。フランスに一九九〇年から二〇〇五年まで存在した。

ェに入り、トイレの場所をすばやく見つけ、そこから平然と出てくる。時刻はパーキングメーターで確かめる（彼は腕時計を持っていなかった）。彼は毎週、サッカー籤《くじ》（フランスでは一九八五年に「スポーツ籤」の名で導入された）を買っていた。必然性を信じる心情の持ち主にありがちなことだが、すべてを運にまかせ、「いつか当たる筈だ、絶対に」と言っていた。日曜の正午前には、ティエリ・ロラン[*1]のサッカー番組『テレフット』[*2]を観るのだった。サッカー選手がゴールを決め、パルク・デ・プランス（パリ西部ブーローニュの森の外れに所在する競技場）に詰めかけたサポーターたちが一斉に立ち上がり、喝采する瞬間は、彼にとって、絶対的幸福のイメージだった。その瞬間を想像するとき、彼は身震いさえした。

テーブルで私が彼に食事を取り分けると、彼は「ありがとう」と言う代わりに、「もういい」とか、「これでいい」とか言うのだった。私を指して、「オンナ」（原語では「女」の逆さ言葉）とか、「おかん」（原語では「お母さん」の逆さ言葉）と言っていた。彼がマリファナを吸ったと知って私が大きな叫び声を上げると、面白がっていた。彼は選挙で投票したことがなかった。そもそも、有権者名簿に登録してさえいなかった。何事であれ、社会を変えることができるとは思っていず、社会の歯車の中に滑り込んで、社会が与えてくれる諸権利を利用しつつ、労働からうまく逃れていければ、彼はそれで満足だった。つまり、「人それぞれに糞まみれ」と信じて疑わない今日風の若者なのだった。労働は、彼の価値観の中では、もし他の手段で生きていくことができるのならば服したくない制約という以外の意味を持っていなかった。かつて、私にとっては、職業を持つことが自由の条件だった。著述をするようになってからも、自分の本の成功が不確実である

＊1　サッカーの実況解説で人気を博したスポーツ・ジャーナリスト。一九三七〜二〇一二年。
＊2　一九七七年から二〇一八年まで民営テレビ局TF1で毎週放映。ティエリ・ロランは一九八四年から二〇〇二年まで担当した。

以上、そのことに変わりはなかった。たとえ私の目に、学生生活がより豊かで、より楽しいものに見えていたことを認めるとしても、である。

三十年前なら、私は彼から遠ざかっただろう。当時は、自分の出自が庶民であることのしるしを、自分が「かっぺ」と見なし、それが自分の中にあることを知っていたすべてのものを、付き合う男の内に見出したくなかった。彼がパンの切れ端で口を拭ったり、指を自分のグラスの上に置く動作で、私がワインをそれ以上注《つ》ぐのを止めたりするのを、私は何とも思わなかった。私がそうしたしるしに気づいていること——あるいはもしかすると、より一層微妙なことに、それを何とも思わないでいること——は、私がもはや彼と同じ階層にいないことの証拠だった。かつて夫と一緒にいたとき、私は自分を庶民の娘と感じていた。Aといるとき、私はブルジョワ女だった。

彼は私の最初の階層の記憶を宿していた。コーヒーカップにスプーンを突っ込んでかき混ぜ、砂糖が速く溶けるようにするのも、スパゲッティを切るのも、林檎を小さな断片に切り、その上でナイフの先端を突き刺すのも、すべて、私が忘却していて、戸惑いながら彼の内にふたたび見出した振る舞いだった。私はふたたび十歳、十五歳で、自分の家族やいとこ達とテーブルを囲んでいた。それらノルマンディー地方の人びとの特徴である白い肌と赤らんだ頰は、彼にも共通していた。いわば彼は、身体に組み込まれた過去だった。

彼と一緒にいるとき、私は、人生のすべての年齢を、私の人生全体を駈け巡っていた。

私は彼を、学生時代に自分がよく行った場所へ連れていった。駅の近くにある カフェの〈ル・メトロポル〉と〈ル・ドンジョン〉。ボーヴォワジーヌ通りの文学部校舎は、モン゠サン゠テニャンのキャンパス（ルーアン市の北隣に位置している）に移転されて使われなくなっていたが、外観は、鉄格子で保護された掲示板も含めて、一九六〇年代のまま残っていた。正面の壁の大時計だけが停止していた。エルブーヴィル通りの小規模大学都市とその横の学生食堂も訪れた。エントランスを通り抜け、ほんの数段の階段を昇ってホールに入ると、そこは往時から変わっていず、中央にラジエーターがあり、複数のドアも同じ場所にあって、それからの長い数分間にわたって私は、夢に属する名状しがたい時間の中に生きているような気がした。

凍えるほど寒い部屋の床にじかに敷いたマットレスの上でのセックス、テーブルの隅でのささやかな食事、私も易々と調子を合わせた若者風の大騒ぎは、私に反復の印象をもたらしていた。十八歳、二十五歳だった頃の私が、ルーアンで自分に起こることの中に過去も将来もなく没入していたのと違って、Aと一緒にいる私は、過去にすでに存在した場面や行動を、自分が若かった頃の戯曲を演じ直しているような感覚を覚えていた。あるいはまた、一篇の小説を書いて／生きていて、それを構成する複数の挿話を自分で入念に組み立てているような感覚。カブール（イギリス海峡に臨む避暑地）の〈グランド・ホテル〉（原語読みでは「グラン・トテル」、超高級ホテル）で過ごす週末、ナポリ旅行などがそれらの挿話だった。内のいくつかはすでに書かれていた。たとえば、ヴェネチアへの小旅行。私がヴェネチアへ初めて行ったのは一九六三年で、ある男性と同行したのだった。一九九〇年には、同じヴェネチアで、ひとりの若いイタリア人と再会した。Aをユシェット座の公演『禿げの女歌手』*に連れて行くのさえ、私の二人の息子がそれぞれ思春期

＊　E・イヨネスコの第一戯曲。ユシェット座は、これを一九五七年以来ロングラン公演しているパリ五区の小劇場

に差しかかった頃におこなった手ほどきの繰り返しだった。

私たちの関係は、利潤の角度からも考察され得るものだった。彼は私に快楽を与え、自分がそれをふたたび体験することがあるとは私が思いもしなかったものをふたたび体験させた。私が彼に旅行をプレゼントすること、彼が私に割く時間を削ってしまうであろう仕事を探さなくてよいようにしてあげることは、私には、公正な取引、好都合なディールであるように思えていた。ルールを決めていたのが私であるだけに、より一層そうだった。私は支配的な立場にいて、支配を可能にする武器を使用していた。もっとも、恋愛関係における支配の脆さをも私は知っていた。

私は自分に、彼に向かって乱暴な物言いをすることを許していた。それがなぜだったのか、彼が経済的に依存していたからか、あるいは彼の年齢が低かったからかは分からない。「うるさいわね《ラッシュ・モワ》、ほっといて《ラ・グラップ》！」という、彼が聞いて気分を害していた下品なスラングの命令台詞*を、私は彼と出会うまで、誰にも投げかけたことがなかった。

自分は人生を変えることができる、と思うのが私は好きだった。いくつかの面——文学、演劇、ブルジョワ社会の作法——で、私は彼に手ほどきをする立場だったが、彼が私に体験させていたものも、ひとつの通過儀礼

＊「グラップ」は中世仏語で「鉤」を意味していたのだが、今では「葡萄の房」を指すので、これが陰嚢を連想させるためか、このスラングには格別下品な印象がある。

的経験だった。私が彼とのあの物語を継続しようと思ったのも、あの物語が、ある意味では過去にすでに実現していて、私はそこに登場する想像上の人物だったというのが主な理由だ。

しかし、あの若い男性はすべてを初めて体験していたわけだ。こうしたことには彼に対するある種の残酷さがともなっているということを、私は意識していた。私との将来を計画しようとする彼に、私はつねに変わりなく、「現在で十分よ」と返事していた。その現在が私にとっては過去のコピーにすぎない、ということはけっして言わずに――。嫉妬に駆られると彼はいつも私の二枚舌を責めたが、二枚舌は、彼の想像していたことに反して、私が彼以外の男に対して抱くかもしれない欲望の内にはなく、また、彼はそう思い込んでいたけれども、私のかつての恋人たちの想い出の内にもなかった。それは、私の人生の中に彼がいるというそのことに内在していた。私の人生は彼の存在によって、不思議な、そして継続的なパリンプセスト*に変容していた。

私の家に来ると、彼は、他の男たちを包み込んだことのあるフード付きのバスローブを羽織った。彼がそれを着ているとき、私はけっして、その男たちのうちの誰それを想い出しはしなかった。明るいグレーのタオル地を前に、私はもっぱら、自分自身の持続と自分の欲望の同一性がもたらす甘美さを感じるのだった。

私たちは、彼が結婚し、ひとりの子の父親になるだろう時のことを話すことがあった。二人して眼と眼を合わせ、抱きしめ合いながら、互いに涙を流さんばかりになって思い浮かべるこの未来は、少しも悲しいものではなかった。そ

* 以前に記された字句を部分的または完全に消し、別の字句を上書きした羊皮紙の写本。

の未来のおかげで、私たちは現在を過去のように体験し、そうすると現在がいっそう激しい、胸の張り裂けるような瞬間となるのだった。私たちは想像の中で、お互いの喪失において交感し、一体化し、極度の快楽を味わった。

私の身体には、もはや年齢がなかった。私が年齢を自覚するのは、レストランなどで、隣のテーブルの客たちから私たちに、重圧を感じさせるような非難がましい視線が注がれるときだけだった。その視線は、私に恥を感じさせるどころか、「息子のような歳の」男との関係を隠さない私の決意を強化した。なにしろ、男の場合はどんなタイプの五十歳の男でも、どう見ても本人の娘ではない若い女性と一緒に公然と出歩いているからといって、少しも非難の対象になどならないのだから。けれども、隣のテーブルの熟年カップルを見るにつけ、私は合点していた。私が二十五歳の若い男と一緒にいるのは、自分と同じ歳の男のやつれた顔を、すなわち自分自身の老化した顔を、四六時中眼前にしているのが嫌だからだと。Aの顔の前では、私の顔も同様に若かった。男たちは遥か昔から、このことを知っていたのだ。自分にそれを禁じるための理由が、私には見当たらなかった。

彼と同行していて時折気づくのは、自分と同じ年恰好の一部の女性たちが、彼の目を引きたがることだった。思うにそれは、ごく単純な論理に拠っていた。あの女が彼に気に入られているのなら、彼は熟年女性が好みなのだ。それなら、どうして私ではいけないのか、という論理。彼女たちは、性市場の現実における自分たちのポジションを知っている。その市場の規則が、彼女たちと同じカテゴリーの女性の一人によって侵犯されているという事実が、彼女たちに希望と大胆さを与える。私と一緒にいる男の欲望を——たいていは控え目なやり方で——キャッチしようとする態度はたしかに苛立たしいけれども、若い娘たちが私の目の前で公然と彼をハントしようとする厚かましさ、あたかも彼の横に彼より年上の女がいることなどは障壁として取るに足らない、さらにいえばまったく障壁にならないかのように振る舞うあの厚かましさほどには不快でなかった。しかし、よく考えると、熟年女性は若い女性よりも危険だった。——その証拠に、彼は私のために、当時二十歳だった若い女性の一人と別れたのだった。

私たちは、若い男と熟年女性の関係を主題とする何本かの映画を観に行った。そして、がっかりした。私たちが体験しているものを表現していないシナリオに、ヒロインがやたらと哀願する女で、最終的に棄てられ、破滅するといったシナリオにいらいらさせられた。コレットの『シェリ』も再読したが、私は、年下の男を愛するあの小説の女主人公、レアのようでもなかった。私があの関係の中に強く感じていたのはいわく言い難い性質の何かであって、そこではセックスと時間と記憶が混ざり合っていた。時折、束の間だが、私はふとAを、パゾリーニの映画『テオレマ』の中心人物、隠されている真実を啓示する天使ともいえるあの青年のように見なしたものだった。

社会規範に違反するすべての状況においてそうであるように、私たちは、視界の中に私たちと同じようなカップルがいれば、即座に見つけた。彼らと私たちの間で、暗黙のうちに仲間であることを示すような視線が交わされた。私たちは、類似性を必要としていたのだ。戸外では忘却不可能だったこと、それは、私たちの物語が世間の目に晒されているということだった。その事実を、慣習を変えるためのひとつの挑戦として私は引き受けていた。

海岸で彼のそばに寝そべって、私は知っていた。近くにいる人たちが私たちを、とりわけ私を、こっそり観察していることを。私の身体をくまなく吟味し、老化の程度を測り、何歳くらいかな、と自問していることを。砂浜で離れて横たわっていれば、私たちは無関心といっていい注意しか惹かなかっただろう。私たちが見るからにカップルを成していたからこそ、その姿の前で、視線が不謹慎になり、啞然の色を示したのだった。まるで、自然に反する組合せに、あるいはひとつの謎に直面したかのように。彼らが見ていたのは私たちではなく、明瞭には見えない近親相姦だった。

ある日曜日、フェカン（ノルマンディー地方の港町）で、海のそばの埠頭の上を、私たちは手をつないで歩いていた。端から端まで、海岸沿いのコンクリートの縁取り石に腰かけている人びと全員の目が私たちの動きを追っていた。Aが私に言った。おれたちのようなのは同性愛カップルよりも受け容れ難いらしいな、と。私は、もうひとつ別の夏の日曜日を想い出した。私は十八歳で、両親に挟まれるようにして、その同じ散歩道を進んでいた。身体のラインが出るようなぴったりのワンピースを着ていたため、周りのすべての視線が私に注がれていた。母が苛立って、叱責を浴びせてきていた。どうしてガードルを穿いてこなかったのか、ガードルを穿いたほうが「よく似合う」のに。私は、改めてまたあのスキャンダラスな女の子に立ち返っているような気がした。ただし今度は、いっさい恥じることなく、勝利の感情をもって。

私はつねにそれほど誇らしいあり方をしていたわけではない。カプリ島（イタリア南部の風光明媚な島）で過ごした午後、私たちがカンパリを飲んでいた小さな広場《ピアツェッタ》で、若くて日焼けした若い娘たちが陽気に動き回っていた。その光景を前に、私が彼に言葉を投げかけた。「あなたにとって、若さは誘惑的かしら？」彼の驚いた様子と、それから炸裂した笑い声で、私は自分の大失策に気づいた。その問いかけは、自分の理解力と度量の大きさを示したくて発したもので、彼の欲望の真実を知ろうとするものではなかった。その真実の証拠は、一時間前に得たばかりだった。ところが、その問いかけは、私がもはや若くないことを強調しただけでなく、私が彼に向かって指し示した若者のカテゴリーから彼を除外していた。あたかも、私と一緒にいることで、彼がそのカテゴリーから外れるかのように。

私にとって、記憶の中から先の戦争のイメージを取り出すのは容易《たやす》いことだった。セーヌ河流域に、リルボンヌ（ノルマンディー地方の町で、本書の著者の出生地）に現れたアメリカ軍の戦車隊も、フランスの軍帽〈ケピ〉を被ったドゴール将軍のポスターも、記憶の中で鮮明だった。一九六八年五月のデモも、もちろん憶えていた。それでいて、私が一緒にいるのは、最も遠い想い出が辛うじて一九七四年春のジスカール＝デスタンの大統領選当選まで遡る程度であるような男だった。彼のそばにいると、自分の記憶は無限であるかのように思えた。私たちを分離するこの時間の厚みには、とても甘美なところがあって、現在が現在であることの強度を増大させてくれた。彼の誕生以前の時間の長い記憶が、結局のところ、イメージを裏返せば、私の死以降に、私がけっして知ることのないさまざまな事件や政治的人物などを拾い上げながら積み重なっていく彼の記憶と対《つい》を成すものであるということ、この考えは私の脳裡《のうり》をよぎっていなかった。いずれにせよ、そこに存在していること自体によって、彼は私の死であった。私の息子たちがそうであるように。また、かつて、私の母にとって私がそうであったように。母は、ソビエト連邦の終焉を見ずに逝ったが、一九一八年十一月十一日（第一次世界大戦の休戦協定が結ばれた日）に国中で打ち鳴らされた鐘の音を憶えていた。

彼は私の子供を欲しがっていた。この望みに私は戸惑い、身体的にまったく健康でありながら、もはや妊娠できないことを、ひとつの大きな不公正として恨めしく思った。今では科学のおかげで、閉経のあとでも他の女性の卵母細胞を借りて妊娠できると聞き、素晴らしいなと感じた。しかし、かかりつけの産科医から提案されたその方向への手続きを取ろうという気はまったくなかった。私は単に、新たな出産という考えと戯れていたにすぎない。自分が二十八歳のときに二人目の子供を産んで以降、私はもはや二度と出産を望みはしなかった。彼のほうは、もしかすると、自分の欲望を混同していたのかもしれない。ある夏、キオッジャ（イタリア、ヴェネチア潟南端の島にある漁港の町）で、ヴェネチアへ戻るために小型蒸気船を待っていたとき、彼は言った。「おかんの身体《からだ》の中に入って、それから出てきたいな。そしたらおかんに似るだろう」

　彼が見せてくれた子供時代の写真には、痩せっぽちで巻き毛の男の子がいた。思春期のそれには、しかめ面をした長髪の少年が写っていた。私は何の困惑もなしに、少女期や思春期の自分の写真を見せた。双方にとって、それは遠い時代だった。二十歳、二十五歳の頃の自分の写真を取り出してくるのには、若干のためらいを乗り越えなければならなかった。見栄を張って、いちばん可愛く写っているのを選んだが、同時に、まさにその写真こそが、今の自分の痩せこけて柔らかさを失った顔との比較を残酷なものにすることを、私は知っていた。そのとき彼が目にしたのは別の女性であって、そのリアリティは、現在の女性の内に探したとしても、彼の捉え得るところとは永遠にならない。長く艶やかな黒髪を持ち、皺のない顔をしているその若い女性、彼がけっして出会うことのないその若い女性が彼に抱かせる欲望、その欲望には出口がない。彼の自然なリアクションにも、暗黙のうちにそのことが表れていた。「この写真を見ていると、なんだか悲しくなるな」

ある日、マドリードのあるブラッスリで私たちが昼食を摂っていると、ナンシー・ホロウェイ（フランスで活躍した米国出身の歌手・女優。一九三二〜二〇一九年）の歌、*Don't Make Me Over* が聞こえてきた。私の中で、ルーアンの女子学生寮が蘇った。途方に暮れ、心をかき乱しながら、オー＝ド＝ロベック通りやサン＝マルク広場で、妊娠中絶の手術をしてくれるかもしれない医師の表札を探し回っていたことを想い出した。あれは一九六三年の十一月だった。数日前に、米国でケネディが暗殺されていた。目の前でAがフライドポテトを食べているのを私は見ていた。彼は、私が懐妊したときの相手の学生より僅かに年上であるだけだった。その学生が自らは知らずして、私の記憶に、当時流行していたナンシー・ホロウェイのこの曲を刻み込んだのだ。以来、私の中でこの曲は、首ったけの恋と、当時の私の状態であった孤絶を意味している。私は思った。この曲を一緒に耳にする男が誰であっても、この曲はけっして他の意味を持たないだろうと。仮に、もっとあとになって、またもう一度この曲を耳にすることになり、私がその折に、自分の前に坐ったAと共にプエルタ・デル・ソルのブラッスリにいた時のことを想い出すとしても、その瞬間の価値は、別の激しい想い出がこみ上げてくるためのフレームとなったということにしか由来しないだろう。それは第二義的な想い出にしかならないだろう。

多くのイメージを、経験を、歳月を積み上げることはできるけれども、いくら積み上げても、もはや反復そのもの以外には何も感じられないという思いが、ますます募ってきていた。自分が永遠であって、しかも同時に死んでいるという印象が私にはあった。ちょうど、私がよく見るあの夢の中で母がそうであるように。目覚めてからも、私は数秒間は、母が現実にそのような二重の形の下で生きているように確信している。

この感覚はひとつのしるし、私の人生の中で時を開く案内係という彼の役割がすでに終わっていることのしるしだった。私の役割、彼の人生における手ほどき係の役割も、おそらく終わっていた。彼はルーアンを離れ、パリへ行った。

非合法妊娠中絶の話の周りを私はずいぶん前からぐるぐる回っていたのだが、いよいよそれを語ることに取りかかった。彼がまだ生まれてさえいなかった頃のあの事件を書く行為の中で前進すればするほど、私は、Aと別れることの方へと、抗《あらが》い難く押されるのを感じていた。あたかも、私が彼を切り離し、放逐しようとしているかのようだった。三十年以上前に私が胎児に対してそうしたように。私はたゆみなく自分の物語を書き続ける一方で、きっぱりと戦略的に距離を置くことによって、断絶へと進んでいった。二、三週間のズレはあったが、断絶が著述の終了と重なった。

秋だった。二十世紀最後の秋だった。独りで、自由の身で三千年紀に入れることを幸せに感じている自分を、私は見出していた。

一九九八〜二〇〇〇年
二〇二二年

もうひとりの娘

信じこむっていうのが、子供に追わされた呪いの重荷なんだ。

——フラナリー・オコナー*

* 一九二五〜六四年。この引用は、『烈しく攻むる者はこれを奪う』、佐伯彰一訳、文遊社刊、二〇一三年、二〇五頁より。

セピア色をした楕円形の写真が、小さなアルバムの黄ばんだ台紙に貼られている。花づな模様のクッションの重なりの上にちょこんと乗った赤ん坊が、斜め四十五度から撮られている。赤ん坊は刺繍のほどこされたキャミソールを着ている。そのキャミソールに一本だけ付いている幅広の紐が、肩の少し後ろで大きな結び目を作っている。まるで大きな花か、巨大な蝶の羽のようだ。手足の長い赤ん坊で、ほっそりした体つきをしている。広げた脚が前に投げ出され、その先がテーブルの縁に届いている。張り出た額《ひたい》に褐色の髪がカールして垂れている。その下で、両眼が見開かれている。ほとんど何かを貪るかのように大きく、強く――。赤ちゃん人形のように広げられた腕が、せわしなく動いているかのようだ。今にも跳び上がりそうにも見える。写真の下部に、写真家のサインがある。M・リデル、リルボンヌ（フランス北西部の町）にて。その氏名の頭文字が組み合わされて表紙の左上の角をも飾っているが、表紙はすでに汚れ、互いに貼り合わされていた紙が半ば剝がれ、ばらばらになっている。

小さかった頃の私は――きっと誰かからそう聞いたのにちがいない――この写真の赤ん坊を自分だと思っていた。実はこの子は私ではない。あなただ。

もっとも、私が写っている別の写真もある。テーブルの上で撮影されたものである。褐色の髪を同じようにカールさせているけれども、私は丸々と太り、丸い顔に窪みの深い目をして、片方の手を両腿の間に置いている。この二枚の写真の違いは明白なのに、あの頃不思議だと思った憶えがない。

諸聖人の祝日（十一月一日）前後に、私はイヴトー（フランス北部、ルーアンの北西に位置する町）の墓地へ行き、二基の墓に花を供える。両親の墓と、あなたのお墓に。毎年、墓の位置が分からなくなるのだけれど、あなたのお墓の上に設《しつら》えてある丈の高い真っ白の十字架が墓地の中央の小道から見えるので、どの方向へ歩いていけばよいのか見当がつく。両親の墓は、そのすぐ隣にある。それぞれの墓に、別の色の菊を一輪ずつ手向ける。あなたのお墓にはヒースの鉢を供えることもある。敷石の端に、特別に掘られたプランターがあるので、その砂利の中に鉢を押し込むのだ。

　人が墓前で多くの思いをめぐらすものなのかどうか、私は知らない。両親の墓の前では、私はしばし佇《たたず》む。両親に「来たわよ」と声をかけ、その一年の間に自分がどうなったか、何をしたか、何を書いたか、何を書きたかったか、二人に教えるかのように。そのあと、右側にあるあなたのお墓の前に移動して墓石を眺め、毎回、大きな字で彫られた碑文を読む。それらの文字は判読不能になっていた昔の小さな文字の上へ一九九〇年代に、雑に刻まれたもので、金箔が塗られ、ぴかぴかしすぎている。大理石工が自分の一存で元の碑文の半分を削り、あなたの姓名の下に「一九三八年聖木曜日（復活祭前の木曜日）に逝去」という記述だけを残したのだ。大理石工はきっと、それが最重要だと判断したのだろう。あなたのお墓を初めて見た私に強い印象を与えたのも、その記述だった。神さまの選択とあなたの聖性の証拠が石に刻まれているようだった。お墓参りするようになって二十五年になるけれど、私には、あなたにかける言葉のあったためしがない。

民事上の続柄では、あなたは私の姉だ。私と同じ名字を、デュシェーヌという私の「娘時代の姓」を持っている。今ではほとんどぼろぼろになってしまっている両親の家族手帳の「婚姻後に生まれた子供の出生と死亡」という欄で、私たちは上下に名を連ねている。あなたの名前が上にあり、リルボンヌ（セーヌ＝アンフェリウール県（一九五五年にセーヌ＝マリティーム県と改称された））市役所の検印が二つ押されている。私の名前に押された検印は一つだけ。私のことは将来、別の公式の家族手帳――私が別姓で一つの家族を生み出したことの証拠となる手帳――の死亡欄に記入される。

でも、あなたは私の姉ではない。姉だったことは一度もない。私たちはいっしょに遊んだり、食べたり、眠ったりしなかった。私はあなたに触れたことも、キスしたこともない。あなたの瞳の色を知らない。あなたを見たことがない。あなたには身体がなく、声がなく、あるのは、いくつかの白黒写真の平板なイメージだけ。私にはあなたの記憶がない。私が生まれる二年半前に、あなたは死んでしまっていた。あなたは天国の子供、けっして話の種《たね》にされない、姿の見えない少女、すべての会話における不在者。秘密そのもの。

あなたは最初から死んでいた。死んだまま、あの夏、十歳だった私の人生に入ってきた。ひとつの物語の中で生まれ、死んだのだった。『風と共に去りぬ』のスカーレットとレットの間の幼い娘、ボニーのように。

物語のその情景が現れたのは、一九五〇年の夏休みだった。従姉妹たち、近所の女の子たち、イヴトーに休暇を過ごしにきた都会の女の子たちが集まり、朝から晩まで遊んだ最後の夏だった。お店屋さんごっこや、ままごとをして遊んだ。両親の店の雑然とした裏庭で、瓶のケース、段ボール箱、古布を使い、家を模してさまざまな小屋を作った。代わる代わるブランコの上に立ち、歌った。「ピエール親方、あんたの製粉工場はいい職場だ」[*1]や、『私のゲピエールと長いペチコート』[*2]を、ラジオののど自慢番組風に歌った。木いちごの実を摘みに抜け出すこともあった。男の子と遊ぶのは親たちに禁じられていた。男の子は乱暴な遊びを好むからというのが、表向きの理由だった。夕方、解散する頃には、身なりが泥だらけになっていた。私は腕や脚を洗いながら、翌日も同じような一日を過ごせると思ってうれしかった。けれども翌年、女の子たちは離れ離れになったり、仲違いしたりした。私はふさぎ込み、本を読むことしかしなくなった。

夏休みの描写を続けていたい。先へ進むのを遅らせたい。あの物語を物語にしたら、体験をぼんやりした状態から引き離すことになる。まるで、六十年前に戸棚の中に仕舞って、それ以来一度もプリントしていないフィルムの現像に

＊1　一九四八年に発表されたシャンソン『ピエール親方』のリフレイン。
＊2　シャンソン歌手、イヴェット・ジロー（一九一六〜二〇一四年）がカバーした歌。ゲピエールはウエストを締める女性用下着。

今から取りかかるようなものだ。

あれは日曜日の夕暮れ時、両親の経営するカフェ兼食料品店の裏手の細い道、エコール通りの始まる辺りでのことだった。通りの名の由来となった私立の幼稚園《エコール・マテルネル》は、おそらく二十世紀初頭にはそこにあったと思われる。すぐそばのバラとダリアの小さな庭園が、壁沿いにめぐらされた高い金網に守られていて、その下は雑草だらけの土手だった。道の反対側には、分厚くて高い生垣があった。どのくらい前からかはっきりしないが、母が人と話し込んでいる。相手は、ル・アーヴル（フランス北部、セーヌ河口の湾岸都市）から来た若い女の人、四歳の女の子を連れ、エコール通りの数十メートル先にある義理の両親、S夫妻の家で休暇を過ごしている人だ。母はきっと、店の中で客と始めた会話を続けるために、当

私、1949年9月、イヴトーの家の庭にて。

時ずっと開けっぱなしだった店舗から外に出てきたのだろう。彼女たちの近くで、私はその小さな女の子、ミレイユと追いかけっこをして遊んでいた。どうして自分があのときハッとしたのかは分からない。母が突然声を低くしたからだったかもしれない。私は聞き耳を立て始めた。ほとんど息を止めてしまったかのように。

母の話をそのまま復元することはできない。ただ、その内容と話された言葉は今日にいたるすべての年月を貫くものであって、それらはまるで熱を持たないひそやかな炎のように、一瞬にして、子供時代の私の人生全体に燃え広がったのだった。話が聞こえてきている間、私は母のそばでやみくもに踊ったり、くるくる回ったりしていた。耳を澄ませていることを絶対に悟られまいとして、ずっと俯《うつむ》いていた。

「思うに、まさにこの時、発せられた言葉が黄昏《たそがれ》の空間を引き裂き、私を不意に捕え、そして何かが終わったのだ。」

母が話している。自分たち夫婦には、ここにいるこの娘《こ》以外にもうひとり娘《むすめ》がいたのだが、その娘は戦前、リルボンヌでジフテリアに罹《かか》って六歳で亡くなってしまったのだと。その娘の胸の肌の様子や、呼吸困難だったありさまを事細かに語っている。そして、言う。〝あの娘は小さな聖女のように逝った〟

彼女は、あなたが亡くなる前に言った言葉を伝えている。〝今から聖マリアさまとイエスさまに会いに行くの〟

彼女は言う。〝うちの人は気が狂わんばかりだった〟と。彼がポール＝ジェローム（当時はリルボンヌの周辺集落だった）の原油精製の仕事から帰ってきて、あなたが死んでいるのを知ったときのことだ。

彼女は言う。〝連れ合いを亡くすのとはぜんぜん違うの〟

彼女は私について言う。〝この娘は何も知らないの。悲しませたくなくて、

イヴトーのエコール通り。

何も教えなかったから〝

最後に彼女は、あなたについて言う。〝あの娘はね、この娘よりもいい子だった〟

この娘とは、私のことだ。

一枚の写真がそうであるように、その話を聞いたときの情景は静止したままだ。女性二人が通りのどこにいて、互いにどんな位置関係だったかも目に浮かぶ。母は白い仕事着姿で、時折ハンカチで目をぬぐう。その若い女性のシルエットは常連客たちより上品だ。明るい色のワンピースに身を包み、髪は引っ詰めて低いお団子にしている。顔の輪郭も穏やかな卵形だ。（人の記憶は、ちょうどカードゲームで絵柄を揃えるときのように、過去に出会った大勢の人びとのうちから作為なしに特定の個人を抽出し、対《つい》にすることがある。今では私はあの若い女性を、かつて自分が指導員として参加した林間学校の校長と一体にして捉えている。その林間学校は一九五九年にルーアン（フランス北部、セーヌ川下流の河港都市）近郊のイマール区でおこなわれた。学校のマスコットは蟻で、校長は白とベージュの服を着ていた。）

何にもまして一種の身体的幻覚が、私にこの場面のリアリティを確信させる。なにしろ私は、自分が女性二人の周りを徐々に間隔を狭めながらグルグルと走り回っていたのを具体的に感じるし、いま目を閉じれば、八〇年代になるまでは道がアスファルト舗装されていなかったエコール通りの土手、金網、日暮れとともに弱まっていく光がまざまざと見えるのである。あたかも、事態を受け止めるには、あの世界の舞台装置をまるごと吸収する必要があるかのようだ。

夏のその日曜日を、正確にこの日と示すことはできないが、私はずっと、八月であったことは間違いないと思ってきた。二十五年前、パヴェーゼ（イタリアの詩人、作家、一九〇八〜五〇年）の『日記』（*Il mestiere di vivere* 一九五二年刊）を読んで、彼がトリノのホテルの一室で一九五〇年八月二十七日に自殺したことを知った。すぐに確認したところ、その日は日曜日だった。以来、同じ日曜日の出来事だと想像している。

年々、この日から遠ざかっているけれど、それは錯覚だ。あなたと私の間に時間は存在しない。発せられて以来、変化したことのないいくつかの言葉だけがある。

いい子。この言葉は自分には与えられないと、当時すでに心得ていた気がする。私の振る舞いを見て両親が日常的に私に投げかけていた形容の言葉ときたら、はね上がり、おませで気を引く娘、食い意地が張ってる、何でもご存知のお嬢さま、感じの悪い子、体に悪魔が憑いてる、などだったから。けれども、両親の非難の矢は私の表面を滑っていくばかりで、私に刺さることがなかった。私はいつも機嫌をとってもらえたし、いろいろなプレゼントももらえたから、愛されていると確信していた。一人娘であり、一人娘だからこそ甘やかされ、努力しなくてもいつもクラスでトップの成績であった私は、要するに、あるがままの自分でいるのを当然の権利と思っていた。

いい子。神さまから見てもまた、私はそんな子ではなかった。これはB神父にはっきりと指摘されたことだ。七歳のときの初めての告解で私が白状した、「独りで、または他の人と共にやった悪いおこない」は、今日では正常な性の目覚めに属するものだったのだが、神父によれば、自分を地獄に落とす行為だった。私がよい子でないことは、寄宿学校の女性校長がある日、鋭い眼光で私を射抜きながら次のように言い放ったことにも裏付けられていた。「テストでいつも満点を取っていても、神さまのお気に召さないこともあるのですよ」。

私は、宗教的な事柄への渇望を態度に表すほうではなかった。神さまが好きではなかった。怖かったのだ。けれども、そのことは誰にも気づかれていなかった。ただただ強情で、黙りこくっていた私は、母が教会堂の中の赤い灯火の前に跪《ひざまず》き、私の耳元に、神さまにきちんとお祈りしなさいよと囁《ささや》いてくるたびに、この命令はたわいなさすぎる、万能の母に似つかわしくないと感じたものだった。

いい子。この言葉はまた、愛情深い、甘ったれ、子供や犬についてノルマンディー地方の方言でいう「懐っこい《アミッシュウ》」も意味していた。大人たちに対してよそよそしく、彼らに抱きつくよりも観察することを、彼らが話しているのを聴くことを好んだ私は、周りから「懐っこい《アミッシュウ》」タイプと思われていなかった。けれども、両親との関係の中では、他の子供たちにもまして自分はそういう意味での「いい子」だと確信していた。

あれから六十年経っても、私はこの言葉にまだ突き当たったままで、この言葉の意味するところを、あなたとの関係において、また両親との関係において解きほぐそうと試み続けている。ところが実際には、この言葉の意味はすぐさま閃光《せんこう》を放ち、あっという間に私の立場を変えてしまったのだった。両親と私の間に今では、目には見えなくても、熱愛されているあなたがいる。私は遠ざけられ、あなたの場所を作るために押しやられている。私が陰に追い払われている一方で、あなたは永遠の光のいちばん上の層で舞っている。比類のない子、一人っ子だった私が、今では比較される存在になっている。物事の現実性は言葉に依存するが、言葉は排除のシステムである。プラスかマイナスか。「又は」か「及び」か。先か後か。在るか無いか。生か死か。

母と私の間に、短いひと言があった。いわば私は母に、そのひと言の代償を払わせたのだ。母に抗《あらが》うようにして執筆した。母のために書いた。誇り高く、屈辱に敏感な労働者であった彼女の代わりに書いた。この娘よりもいい子と言った母は、思うに、いい子でない権利を私に与えたのではないか、あるいは、いい子になるなと命令さえしたのではないか。あの日曜日、私が自分の腹黒さに気づいたのではない。腹黒さが私になったのだ。物語の日こそは審判の日である。

二十二歳のとき、食卓で両親と口論したあと、日記にこう書いた。「どうして昔からずっと私は人を苦しめたがり、それでいて、どうしていつも自分で苦しんでいるのだろうか」

子供時代に起こることのうちに、あらかじめ名前のついているものはない。当時自分が何を感じていたのかは分からないが、私は悲しくはなかった。「騙されていた」に近いものだったけれど、何年も後に読んだシモーヌ・ド・ボーヴォワール（フランスの哲学者、作家、一九〇八～八六年）の著作に由来するこの語は、非現実的で重みがなく、子供の頃の私のあり方には当てはまらない。長い間探し求めた末に、一番ぴったりで反論の余地のない言葉が脳裡《のうり》に浮かんだ。信じやすすぎたという言葉だ。通俗的な意味で私は信じやすすぎて、バカにされていた。幻想の中で生きていたのだ。実は一人っ子ではなかった。何もないところから突然浮かび上がってきたもう一人の存在があった。つまり、私は愛情のすべてを一身に受けていると信じていたが、それは本物のすべての愛情ではなかったのだ。

あなたが聖マリアさまとイエスさまに会いに行くと言ったことに対しても、恨みを抱いた気がする。あなたのその言葉は、私があらゆる意味で神さまにふさわしくないことを露わにしていた。なにしろ、私の口からそんな台詞が出てくることはけっしてあり得なかったし、私は神さまに会いたいと思っていなかったのだから。後年、成人してからの私は、激昂するほどに母親を恨んだ。あなたに戯言《たわごと》を信じ込ませたことに対してだった。今はもう、怒りはない。無の中に転がり落ちてゆく瞬間には、どんな慰めにも、たとえば短い祈りにも、歌にも値打ちがあるという考えを受け容れている。あなたが幸せに旅立ったと思いたい。

従姉のGによると、例の日曜日の一年か二年前に、Cという別の従姉があなたの存在と死を私に明かしていた可能性があるらしい。私が未だ知らずにいたことを最初に教えてあげたのは自分だといって、Cが自慢げにする様子は容易に想像できる。私より三歳年上だったがゆえにすでに知るに至っていた性に関する秘密を私に教えるとき、まさに彼女は満悦していたから。けれども、あなたのことをCから聞かされたか否か、私はまったく憶えていない。夏休み期間の単調で画一的な陽光の下、その瞬間は消えてしまった。もしかすると私はあなたの存在を信じることに抗い、存在を消し去ってしまいたかったのかもしれない。

「果たして、私があなた宛の手紙を書いているのは、あなたを蘇らせ、また改めて殺すためなのだろうか。」

考えてみると、もしかしたらあなたは、私がこの物語の一、二年前に位置づけるあの夏の日の午後にすでに存在していたのかもしれない。私は庭にいて、一篇の小説を書いている。農場で夏休みを過ごしている小さな女の子が偶然、刈入れ後の畑に置かれていた積み藁《わら》――コー地方（ノルマンディー地方東部の高原）ではこれを「ヴィロット」と呼ぶ――の下敷きになって窒息死する話だ。父に読ませると、父はカフェの客たちの目の前で、私の能力に感嘆する。その様子を私は大袈裟すぎると感じていた。母にも読ませたが、彼女の評価は憶えていない。

あなたはまだいるのかしら、私が五歳から十歳にかけて繰り返し、繰り返し見たあの白昼夢の中に……。夢の中の私は、ピンクの薄布が詰まった揺りかごに、一九四四年にル・アーヴルからリルボンヌに疎開して来ていたJという小さな女の子と共に寝そべっている。Ｊは公園で遊ぶときの仲良しの友だちで、年に一回、夏に親戚一同が集う賑やかな食事会で彼女と再会するのが、私はとてもうれしかった。揺りかごの中、私たちが互いに寄り添い、目を開けた二体の人形のような姿でいる様子が目に浮かぶ。それこそ、完璧な幸福のイメージだった。（一九八六年に母のことを本に書いた頃、私はこのイメージを「バラ色の夢」と呼んでいたが、本にはそのイメージの記述はない。当時、この夢が意味しているものをいかにも型どおりに子宮へのノスタルジーと見なしていたが、本当にそうなのかどうか確信がなかったのである。）

そしてもちろん、あなたは私の周りをうろつき、自分の不在という事実によって私を包囲したにちがいない。新生児の最初の数年間を包み込むふんわりした噂話の中で。また、母が店の中で、あるいは公園のベンチで——戦争中は商品がなく、客もいなかったから、母は毎日午後になると私を公園に連れていっていたのだ――ほかの女性たちに打ち明けたさまざまな物語の中で。けれども、それらの物語は、私の意識にどんな痕跡も残さなかった。それらは映像もなく、言葉もないままにとどまった。

ただ一つ、例の物語だけが記憶に残った。私が聞くはずではなかった物語、私にではなく、あの若くて上品な女性に向けられていた物語。彼女はおそらくあの不幸な話に身をすくませ、自分にも起こり得ることのように恐れながら聞いたのだろう。本当の物語はただ一つ、母の言葉で、母の声で語られていた。母の声こそは有無を言わせない声だった。なぜなら、母はその場にいたのだから。そして、夫婦のうちで強いほうは彼女であり――その日私はそのことを合点した――、二人のうちで一方の死に耐えられるのも彼女のほうだったから。すでに閉じられ、決定され、もはや変化しないひとつの物語が、ひとりの聖女のように、リジュー（ノルマンディー中北部の都市）の聖テレーズ（十九世紀フランスのカルメル会修道女）のように、あなたを生きさせ、死なせる。そういえば、家の寝室の壁には、ガラスの額に入った非常に大きなサイズの聖テレーズの写真が掛けられていた。唯一の物語――別の物語が発生することは今後けっしてあり得ない――が、あなたが死者として、また聖女として存在している世界の扉を私に開く。真実を告げ、私を締め出す物語。

よくよく考えてみると、いったいなぜ母は、あなたのことを話し続けたのだろうか。そばに私がいることは分かっていたのだ、それとなく私を指したのだから。精神分析的な説明――彼女は無意識の狡智《こうち》によってあなたの存在の秘密を私に明かすすべを見つけたのだろう、だから物語の本当の受け手は私だったのだろう、という説明――は、例によって誘惑的だ。が、そうした説明は、人びとの精神性《メンタリティー》が歴史的に推移してきていることへの考慮を欠いている。実は一九五〇年代には、大人たちはまだ、私たち子供の耳聡《みみざと》さに気づいていなかった。

だから、性的なことはせいぜい仄めかすだけにとどめるが、それ以外の話題なら、子供の前で何を言おうと重大な影響が出るとは思っていなかった。この点は、確かだと思う。なぜなら、あの日以降私はしばしば、人の死にまつわる物語が列車の中で、美容院で、あるいはキッチンのコーヒーカップの周りで、女から女へと打ち明けられるのに立ち会ったからだ。そうした打ち明け話は、人に死を思い起こさせる髑髏《どくろ》のようなものである。死の状況が精確に語られ、事細かに列挙されるなか、悲しみがことごとく吐露され、人びとに共有される。母も、いったんあなたのことを話し始めた以上、途中ではやめられなかった。最後まで話さずにはいられなかったのだ。あなたが亡くなったことを、それを初めて聞くあの若い母親に向けて語ることで、あなたが復活するかのような慰めを見出していたのにちがいない。

もう一つ、別の話がある。

私が丸々とした赤ん坊だった頃や、たくましい少女だった頃の写真は、真に受けるわけにいかない。あなたの死の話を初めて聞いた十歳の頃の私は、ひ弱な子供で、重い過去を引きずっていた。奇異な症状の患者であり、事故で怪我もしていて、そのことを大人たちから微に入り細に入り聞かされていた。ふつうに麻疹《はしか》と水疱瘡《みずぼうそう》に罹る他の子供たち——私も同じ病気に罹ったが、皆より症状が長引いた——と違って、いわばある種の呪詛《じゅそ》とある種の恩寵《おんちょう》の間に置かれていた。非常に早い時期に、私はつまずいたのだ。生後数カ月で口蹄疫《こうていえき》——哺乳瓶のミルクを通して牛から人間へと伝染したきわめて稀な症例だった——になった。次に、立って歩き始めた頃、跛行《はこう》していることを、父母の営む食料品店で買い物する女性客に発見され、その後半年間ギプスで身動きを止められた。四歳のとき、家の裏手の小さな中庭で瓶の破片の上に転んだ。唇に穴が空き——指が入りそうなほどだったと、母は人差し指を立てて言ったものだ——、隆起した傷跡が残った。その上、近視が進む一方だったし、すでに虫歯にもなっていた。

いろいろ列挙したが、肝腎のことをまだ述べていない。実は五歳のとき、私は危うく死にかけた。そして、そこにはまた別の物語があった。この物語では、私がヒロインだ。私の子供生活の中に突然あなたが現れたあの夏の日曜日、私はこの物語をすみずみまで知っていた。あの人——母——はというと、私の目の前で隠すことなく幾度も、父よりも頻繁に——幼年期の記録を握っているのは女性たちである——この物語を語った。彼女の口調がいつもうきうきしていたのは、この話を聞く人びとの表情に毎度きまって、俄《にわ》かには信じがたいという呆然とした様子と感嘆の色が同時に表れるからだった。

一九四五年の八月、リルボンヌの公園で、私は錆びついた釘で膝を傷つけてしまった。何日も経ってから、私の尋常でない疲れ方や、首の硬直や、口を開けるのに難儀している様子を見て、両親がお医者を呼ぶことにした。やって来たのはまだ駆け出しの医師だった。診察したあと、彼はしばし沈黙し、それから言った。〝私の見立て違いだとよいのですが。同僚を呼んできます〟と。破傷風だった。母も父も、破傷風が何なのか知らなかった。そんな病名は聞いたこともなかった。医者たちは私に抗破傷風血清を多量に投与し、これで今夜までに口元がゆるまなければ絶望的ですと告げた。すると母は、ルルド（ピレネー山脈北部、聖母マリアを祀る有名な巡礼地）の水を、硬く食いしばった状態の私の歯の間に流し込んだ。私の口は元どおりに開いた。翌年、彼女は神さまに感謝の祈りを捧げるべく、ルル

ド へ 行った。木製の座席の列車に乗り、まる一晩かけて移動した。物資不足の折だったから、イワシの缶詰一個だけが食料だった。山の中、跪いて「十字架の道行き」（キリスト受難を十四の場面に分けて表象する彫像や絵の前で祈る儀式、または信心業）をした。私へのお土産に、ひとりでに歩く人形、ベルナデット（聖地ルルドで聖母マリアに出会った十四歳の村の少女の名）と呼ばれる人形を持ち帰ってくれた。

おそらく、何度も繰り返し語られた物語であったためだろう、私はその時のイメージを幾つか、早々に固定してしまった。さほど激しい恐怖を味わった記憶はない。空襲のほうがよほど怖かった。

・陽当たりのよい公園が目に浮かぶ。私は両親のもとへと駆けていく。横板の剝がれたベンチによじ登って遊んでいて、怪我したからだ。両親は草原に寝そべっている。その二人に、自分の左膝の下にできた、血の滲んだ小さな穴を見せる。彼らは言う。〝大丈夫だよ、遊んで来なさい〟

・私はキッチンの長椅子にいる。何かして遊んでいるわけではない。夏休みで私の家に来た従姉のCがいる。食事のあと、彼女がテーブルの上に乗り、「可愛いひなげし、ご婦人方、可愛いひなげし、新しい（*Gentil Coquelicot* というフランスの童謡）」と歌う。私はそれが羨ましい。

・私のいる長椅子の周りを行ったり来たりする人びとの大混乱のイメージが雑然と目に映る。

・私は両親のベッドの傍らにある自分の小さなベッドにいる。母が私の上に身を傾けている。

・さらにのち、おそらくは別の日に、口の中が大量の血でいっぱいになる。室内に人が大勢いる。母が、この子を横にしてやってほしい、背中に鍵を当ててやってほしい、そしたら出血が止まるからと叫んでいる。

・ベルナデットがまた見える。腰の関節が曲がらないため、座らせることのできない人形。青のドレスを着ている。

二つの物語、私の物語とあなたのそれの順序は、時間の順序、すなわち時間の流れとはあべこべだ。二つの物語の順序において私が死にかけたのは、あなたが他界したのより前なのである。間違いなくそうなのだと確信している。なにしろ一九五〇年の夏のあの日曜日、あなたの死の物語を聞いたとき、私は想像するどころか、記憶を呼び戻していた。当時の私には、おそらく現在よりも遥かに鮮明に見えていた。リルボンヌの家の寝室、窓と平行に置かれた両親のベッド、そのすぐ横に、ローズウッド製の私のベッド。私の代わりに寝ているあなたが見える、それでいて、死ぬのは私だ。

一九四九年版ラルース辞典を読む。「いったん破傷風を発症すると、患者はたいていの場合死に至る。しかしながら、抗破傷風血清を大量に繰り返し投与することにより治癒した複数の症例が報告されている」。ワクチンの存在については、言及がない。けれども、インターネットで調べると、ワクチンの接種が一九四〇年以来すべての児童に義務づけられていたことが分かる。もっとも、「実際にワクチンが出回ったのは一九四五年になってからだった」。

これまで常に私は、ルルドの水より血清のほうが優れていると確信していた気がする。たとえば一九六四年、私はある医学生相手に、非常に珍しくも自分の子供時代のこのエピソードを話したが、ルルドの水のことには触れなかった。その折、ルーアンのブーケ通りにあった彼の部屋で、その医学生は病院での当直のことや、破傷風に罹った患者たちがとてつもなく苦しみながら死んでいったことを語ったのだった。すると、母から聞いた恐ろしい言葉が私の脳裡に蘇ってきた。昔は二枚のマットレスの間に破傷風患者を押し込めて窒息死させたのよ。

一度も自分の中で投げかけてみたことのない問いのうちに、このようなものがある。どうしてあなたにはルルドの水が与えられなかったのか。それとも、ちゃんと与えられたけれども、効き目がなかったのか。

血清か、聖水か、そんなことは重要ではない。ルルド、ラ・サレット＝ファラヴォー（フランス南東部の村、牛飼いの少女と少年が報告した聖母の出現場所）、リジュー、ファティマ（ポルトガル中西部の町、聖母の出現場所）といった巡礼地があり、人びとは奇蹟の可能性を信じて生きていた。寄宿学校の司祭たちや修道女たちの言葉の内に、教会で販売されていた小冊子、当時の『巡礼者《ル・ペルラン》』、『十字架《ラ・クロワ》』の中に、奇蹟が絶えることなく存在していた。さらに、「ブリジット」――この名で大ベストセラーとなった児童文学シリーズに描かれていた理想的な女性像――の子供の一人である「プティット・マリー」もまた、ルルドの洞窟の水のおかげで障碍《しょうがい》が治癒したのだった。

現実は、子供時代の信仰には入り込まない。奇蹟の現実性とともに、一九五〇年頃の私は存在していた。もしかしたら、今もそうなのかもしれない。そして、一つ目の物語――いったん告げられた私の死と、その後の私の蘇生の物語――が、二つ目の物語――あなたの死と、私がいい子でなかったことを語る物語――に及ぼした影響だけが気にかかる。二つの物語はどのように連結したのだろうか。作用力の強いどんな真実を打ち立てたのだろうか。というのも私は、不可思議にも辻褄の合わない次の事実と折り合いをつけなければならなかったのだ。よい子で小さな聖女だったあなたが救われなかったのに、悪魔の私が生きているという事実。ただ生き延びたのでなく、奇蹟的に救われたという事実。つまり、あなたが六歳で死ぬ必要があったのだ。私がこの世に生まれ、救われるために。

読み解きがたい何らかの意図により、生きるべく選ばれたという傲慢な思いと罪悪感。おそらく、罪悪感よりも、生き延びたことにともなう傲慢な思いのほうが強い。しかし、何をするために選ばれたのか。二十歳のとき、過食症と月経停止の地獄に落ちたのち、ひとつの答えが出た。ものを書くために選ばれた、と。両親の家の自分の部屋にポール・クローデル（フランスの詩人・劇作家、一八六八〜一九五五年）のフレーズを掲げた。悪魔との契約書よろしくライターで縁を燃やした大きな紙に、念入りに書き写したのだった。「そうだとも、わたしがこの世に生まれてきたのがなんのためでもなかったなどと、考えてはいない。わたしの中には、必要な何物かがある、人々がそれなしで済ますことのできないようななにかが*」

私が書くのは、あなたが死んだからではない。あなたが死んだのは、私が書くためだ。ここに大きな違いがある。

私はあなたの写真を六枚しか持っていない。どれも従姉妹からもらったもので、母の埋葬後にもらったのと、ごく最近受け取ったのがある。以前から見覚えのあるのはそのうちの二枚だけで、その二枚は、母が衣装ダンスの引き出しに仕舞っていたのだが、一九八〇年頃、見当たらなくなった。おそらく彼女が捨ててしまったのだ。アルツハイマー病の前兆として何回か現れた破壊衝動の一つに駆られて——。

赤ん坊のあなたが写っている一枚を別にすると、それらの写真で、あなたは四歳から六歳までの間にちがいない。それらを撮ったカメラは、父と母が戦前の縁日で手に入れたと言っていた品で、一九五〇年代の終わりまで、あの二人が手許に置いていた。私もたびたび使った憶えがある。写真でほとんどいつも、あなたは俯き、顔を顰《しか》めるか、腕で目を庇《かば》っている。あたかも、光が眼に痛いかのようだ。光線が我慢できないかのようだ。従姉のGもそのことを確認し、最近の手紙で結論している。「彼女には、自分が好きだった様子がないわね」

＊『繻子の靴（下）』四日目第八場。渡辺守章訳、岩波文庫、二〇〇五年、二八四頁より。

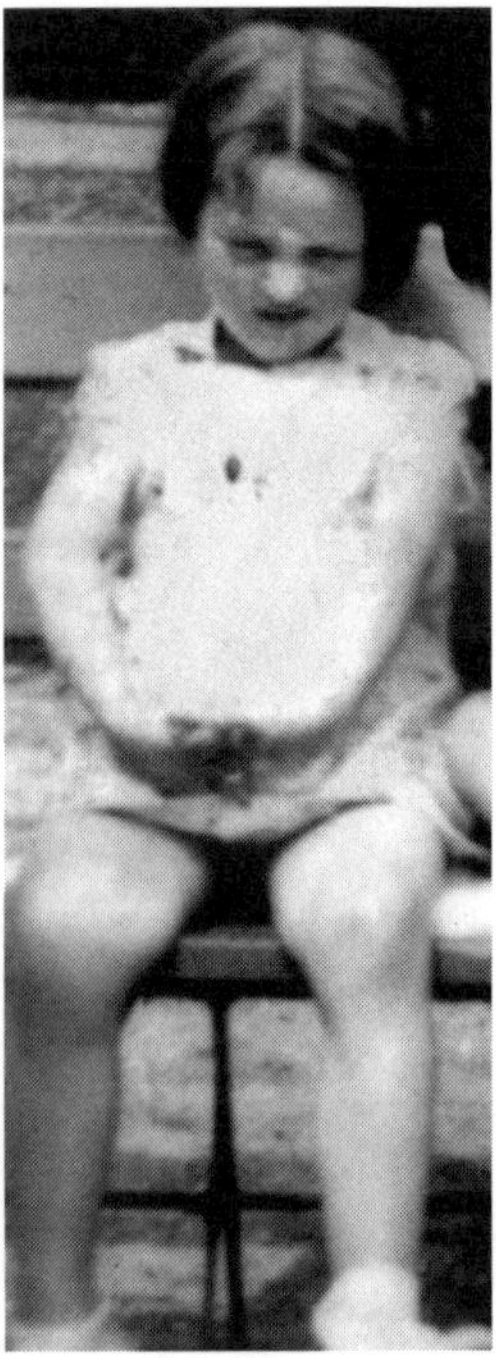
私の姉、1937 年。

と。

この指摘に、私はひどく動揺する。果たして、あなたは幸せだったのかしら？　これまでに、あなたに関して幸福の問題を自問したことは一度もない。あたかも、そんなことを問うのは、死んでしまった小さな女の子に対して理不尽で、侮辱的でもあるかのように。あたかも、あなたを失った父と母の苦しみ、いい子だったあなたへの彼らの哀惜、そうした彼らの愛の証拠が、あなたの幸福を保証していたかのように。愛されることで幸せになるという信念にしたがえば、あなたは間違いなく幸せだった。聖女たちは幸せだ。もしかしたら、あなたは幸せでなかったのかもしれない。

驚愕と後ろめたさをもって、不意に、自分の中に次のような野蛮な考えがあるのを見出す。ほら、明らかよ、あなたは生きるために創られていなかったのよ、あなたの死は宇宙を司《つかさど》るコンピューターの中であらかじめプログラムされていて、あなたが地上に送られて来たのは、ボシュエ（十七世紀フランスのカトリック司教、文人）の表現を借りれば「頭数を揃える」ためにすぎなかったのよ。恥ずべきことに、自分の中にあの思い込みが――私がこの世に生まれるためにあなたが死ぬ必要があった、犠牲になる必要があったという思い込みが――また浮上してくるのを感じる。

誕生の前から運命が決まっていたわけではない。ただ、ジフテリアが流行し、あなたはワクチンを接種していなかった。ウィキペディアによれば、ワクチン接種が義務づけられたのは一九三八年六月二十五日である。あなたはその七カ月前に死んだ。

二人の娘。死んだ一人と、危うく死にかけた一人。生前、エネルギーの横溢する生命そのものだった母は、私の目に、死を宿している存在のように見えていた。死に引き寄せられ、死を引き寄せる存在。十四歳か十五歳になるまで、私はぼんやりと思っていた。あの人が私を、あなたと同じように死んでいくままにするだろうと。さもなければ、あの人自身がわざと死んでいくことを選ぶのではないかと。私の父をも対象に含めて家族を罰するために——。怒りを爆発させる日のあの人の台詞——〃あんた(たち)、私がここにいなくなったときに思い知るわよ!〃——がそれを示していた(が、あれはむしろ、私たちと別れ、出て行き、余所《よそ》で暮らすわよという脅かしだったのではないだろうか?)。うちの家の界隈では、臨終を迎えつつある人がいたり、臨終を迎えた人に死化粧《しにげしょう》をほどこす必要があったりすると、必ず誰かがあの人を呼びに来た。彼女はいそいそと出かけ、奇妙に昂奮した状態で帰ってきた。その様子に、私は満足感を見抜く気がしたものだった。結核で亡くなったある少女について、彼女は言い放った。〃頭に布を被ってね、本当にリジューの聖テレーズそっくりだったよ〃と。四十五歳で腰の手術を受けなければならなかった折、私は思った。自分は麻酔から覚めないだろう、母よりも先に死ぬだろう、と。もしそうなっていたら、あの人は、あなた、私の父、さらに私と、私たち全員を看取って生き延びることになったわけだ。

ジャン＝マルク・レゼール[*1]の漫画の一つ。ひとりの男が背後から描かれている。その男は左手で子供の手を引き、三人が横に並んでやっと通れるだけの幅しかない長い橋の上を歩いていく。橋には柵も手すりもなく、下は深淵だ。男と子供が少し前に通過した辺りで、橋の右端は切り落とされ、虚空に開いてしまっている。男と子供の前方でも、子供が歩いている左端が途中でなくなっている。彼らの足跡——大人の男の足跡の両横に二人の子供の足跡が見える——を観察すると、この父親がすでに一人目の子供の手を深淵の上で放したことと、もう少し先で二人目の子供に対しても同じようにするつもりであることが分かる。それでいて彼自身は、橋の真ん中を辿って、橋の向こう側まで無事にたどり着くだろうことも分かる。レゼールはこの画《え》に、「失われた子供たちの橋」[*2]という夕イトルを付けた。

けれども、多くの事実が神話を打ち消す。冬になると、母は暖かい服の重ね着で過剰なまでに私をくるみ、私がちょっとでも風邪を引こうものなら父に命じてお医者を呼びに行かせた。専門医に診てもらうべく、私をルーアンの病院まで連れていってくれた。私の歯の治療のために、彼らの懐《ふところ》具合からすれば法外な費用を負担してくれた。私のためだけに、仔牛のレバーや赤肉を買ってくれた。が、「あんたという子は、目ん玉が飛び出すほどお金がかかる」という彼女の指摘には、私の虚弱さを責めるような響きがあった。私は咳をするこ

＊1　過激なユーモアで知られていたフランスの諷刺漫画家、一九四一～八三年。
＊2　「失われた子供たち」という意味の les enfants perdus は、いわゆる「迷子」をも意味する。

とを、「いつもどこかの具合が悪い」ことを、申し訳なく思っていた。私が死んでしまわないように手を尽くすのは、彼らにとって大きな代償の要ることだった。

もちろん、私は母が大好きだった。近所の人たちが言うには、彼女は別嬪《べっぴん》で、私の顔立ちは母親の「方の」系統なのだった。私は彼女に似ていることを鼻にかけていた。時折、彼女のことが大嫌いになり、洋服ダンスの扉に付いていた鏡の前で拳を突き出し、あんな人、死んでしまえばいいと思うこともあった。あなたに手紙を書くことは、とりも直さず、物語の保持者であり、判定の宣言者であった彼女について絶え間なく話すことだ。彼女と私の間の闘いはけっして止むことがなかった。ただ、彼女の人生の終わりの時期だけは別だった。その時期には、あの人はあんなにも惨めになり、理性喪失の中に迷い込んでいた。そして私は、彼女に生きていてほしかった。

彼女と私のあいだの関係、それは言葉の問題だった。

当初から私は、私たちの母親とも、私たちの両親とも書けないでいる。私が子供だった頃の家庭のトリオの内にあなたを包含《ほうがん》することができないでいる。共通の所有形容詞が遣《つか》えない。「この不可能性は、あなたを排除する手段、夏の日曜日に聞いたあの物語において私が被った排除をあなたに投げ返す手段なのだろうか？」

ある特定の視点、時間という重要な視点から見れば、私たちは同じ両親を持ったのではなかった。

一九三二年にあなたが生まれたとき、両親は若く、結婚してからまだ辛うじて四年しか経っていなかった。二人は這い上がろうとする意欲のある労働者で、前年借金をし、セーヌ川流域の町リルボンヌの紡績工場の界隈ラ・ヴァレに所在する商店の営業権を手に入れていた。それでいて、父は引き続き外で、ル・オッドという土地の建築現場で、その後はポール＝ジェロームの原油精製所で働いていた。二人の周囲や胸の内には、人民戦線内閣[*1]によって拓かれた希望が沸騰していた。後年、赤貧でがむしゃらに生きていたこの歳月の話をし、自分たちのカフェで朝の三時まで近隣の人びとと議論を続けた夜のことを思い出すと、「しかしあの頃は、二人とも若かった……」と言って終わるのが常《つね》だった。

　撮影日時の記載のない戦前の写真の一つでは、父が微笑みを浮かべ、母の肩を抱いている。母は、明るい色のレースの襟飾りのついた、大柄の水玉模様のワンピースを着ている。たっぷりした前髪が両目の上まで垂れている。彼女にはまだ、一九二八年の艶やかで勝ち気な新婦の面影が残っている。彼女がこのワンピースを着て、この髪形をしているのを、私は一度も見たことがない。あなたが生きていた時期のこの女性を私が知ることはなかった。

私が生まれてからの時期、その当初、おそらくは一九四五年の春に撮られた写真が一枚あり、そこには私も写っている。両親は微笑んでいるが、彼らの内にはもはや、若者らしいみずみずしさや呑気さはない。何かが衰弱している。顔立ちがやつれ、沈んでいる。母は縞模様のワンピースを着ている。私が長年見慣れることになったワンピースだ。髪はカールして巻き上げている。二人はあの潰走《かいそう》*2を、ドイツ軍による占領を、連合軍による爆撃をすでに体験していた。あなたの死をも経験していた。二人は、子供を一人失った両親なのだった。あなたがいる。見えないけれども、そこに、二人の間にいる。彼らの痛苦。

*1　中道政党から共産党までが組んだ連立内閣、一九三六年から三年間存続した。
*2　一九四〇年、ドイツ軍の侵入・進撃を控えた時期の北フランス住民の集団避難。

両親はあなたに、「お前が大きくなったら」と言ったにちがいない。あなたができるようになることを数え上げたにちがいない。本を読むようになる、自転車に乗る、独りで登校する。二人はあなたに、「来年は」、「今年の夏には」、「近いうちに」などと言ったのだ。ある晩、将来の代わりに、空白があるだけになってしまった。彼らはふたたび同じことを、今度は私に言った。私は六歳、七歳、十歳となり、すでにあなたの年齢を超えていた。彼らは、もはや比較の対象を失っていた。なんとなく私は、自分が子供ではなくなったこと、「娘になった」ことを、母は恨んでいるのだなと思った。「娘になった」——これは私が初潮を迎えた日に母が発した言葉だ。過剰なまでに当惑し、ほとんど動転して、私に生理用品を差し出しながら。

私が例の話を耳にしたのは、あのときが最初で最後だった。父も母も、あなたのことを私に話したことは一度もなかった。

あなたの写真がいつ衣装ダンスの中に隠されたのか、民事登録手帳がいつ屋根裏部屋の錆びた金庫に仕舞い込まれたのか、私は知らない。ある日――私は少なくとも十八歳にはなっていた――、金庫の扉が開いたままになっていて、私はその手帳を読んだのだった。彼らは毎週代わる代わる、庭で摘んだ花を持ち、自転車でお墓参りをしていた。時折、一方が他方にそれとなく「墓地に行った？」と訊ねていた。七年後の一九四五年に自分たちがそこに戻ってくることが分かるずっと前の時点で、彼らがあなたの埋葬地として望んだのはイヴトー――二つの家族のメンバーのほぼ全員が依然としてこの町に住んでいた――であって、リルボンヌではなかった。それはおそらく、皆がしばしばあなたのお墓に黙禱しに来ることができるようにするためだった。

彼らがあなたの名前を発音するのを、私は一度も聞いたことがない。その名前は、従姉のCから教わった。古臭くて、思春期にはほとんど嗤《わら》われてしまいそうな名前だった。学校に、そんな名前の娘は一人もいなかった。今でもなお、その名前を聞くと私は気づまりになり、漠然とした嫌悪感を催す。私はめったに口にしない。あたかも自分には禁じられているかのように。ジネットというその名前を。

生前あなたのものだった物で、あなたがいなくなってからも保存されていた物がいくつかあったけれども、それらに関して、両親はいっさい何も語らなかった。

彼らは私が七歳くらいになるまで、ローズウッド製のあなたの小さなベッドに私を寝かせていた。その後、私のために枕元と側面に棚のついたベッドを買ってくれた。小さなベッドは分解された。四枚の板と、木の枠と、金属のボトムに分けられ、屋根裏部屋に片付けられて、うちに泊まる親戚の子供がいる折などに改めて組み立てられた。私の結婚後、母が私たち夫婦といっしょに暮らすためにアヌシー（スイスに近いフランス東部の都市）に来たとき、母は他の家具と共にそのベッドを持ってきた。私はそれを地下室に保管していたが、引っ越し業者が間違えて義理の両親がいるシャラント県へ運んでしまった。義理の両親は、あらかじめ私に知らせることもなしにそれを処分してしまった。彼らが遠慮なく笑いながら私にそのことを告げたのは、一九七一年の夏だった。

私が第六学級（中等教育の第一学年。年齢的には日本の小学六年生に相当する）になるまで、両親が私に教室へ持って行かせていた鞄は、あなたが学校に入るために買ってもらった褐色のモロッコ革の鞄だった。私だけが持たされている製品で、使いにくかった。開けたらすぐに二つの襠《まち》の向きを変えなければならない。そうしないと、筆箱やノートが散らばり、落ちてしまう。その鞄を家でいつも目にしていたので、私が小学一年生になる日に備え、ずっと前から私のために買ってあったのだと思っていた。たしか二十歳を過ぎた年頃になって初めて、私は理解したのだった。母がその後もずっと雑多な書類を整理するのに使っていたその鞄が、実はあなたのものだったことを。


一九九二年八月の自分の日記をめくっていて、こんな記述にふたたび出会う。

「子供の頃——あの頃の世界は書く行為の源泉だろうか?——、私はいつも、ここではない所で生きている別の人間の分身だと思っていた。自分は本当には生きていず、この人生は『書かれているもの』であって、別人が作っているフィクションなのだと思っていた。この存在感のなさ、もしくはフィクションでしかない存在、これは掘り下げてみるべきだ」

そうすることが、もしかすると、手紙の体裁をとっているこの文章の目的かもしれない。——本物の手紙はすべて、生存している人を宛先にしている。

今日初めて、ごく単純な問いなのだが、これまで一度も浮かび上がってこなかったひとつの問いを自分に投げかけてみる。なぜ私は両親にあなたのことを訊ねなかったのか。大人になってからも、自分が母親になってからも、どんな機会にも。なぜあの二人に、私は知っているよと言わなかったのか。後年の問いかけをとおして分かるのは、プライベートなものであれ、集団的なものであれ、ある時点においてはその問いが不可能だったということにほかならない。一九五〇年代には、暗黙の規則があって、子供が親に、また一般に大人たちに、彼らが子供は知らないほうがよいと思っている事柄だが、子供であった私たちがすでに知っていた事柄について、問いただすことが禁じられていた。私は自分が十歳だった夏の日曜日、あの物語とともに、沈黙の掟をも受け取ったのだ。もし両親が、あなたの存在を私が知ることを望まないのならば、それは、両親に何も訊ねてはいけないということだった。あなたのことを私が知らないでいるのが彼らの望みなら、当然私はそれに順応しなければならない。その掟を破るのは――しかし、そんな掟破りは想像もしていなかった――彼らの前で猥褻なことを口にするのに等しいか、それ以上であって、一種の破局と、まったく異例の罰を招かずにはいない行為だった。その罰を、私はここで、カフカの父親が息子に向かって放ったひと言と関係づける。カフカの『父への手紙』の中に、そのひと言が記されている。私がそれを初めて読んだのは二十二歳のときで、大学都市の寮のベッドに寝そべっていた。読んですぐ、ノートに書き写した。「おまえを魚みたいに引き裂いてやる」*

恐怖に脅えた思い出。私は十六歳で、叔母のマリー＝ルイーズの家を訪れていた。日曜ごとの痛飲が習慣になっていた叔母が酔っ払い、一枚の写真の中のあなたを指差しながら、黙っていなければいけないのを忘れて私に言ったのだ。〝これ、あなたのお姉さんよ〟と。私はその写真には目もくれず、大急ぎで次の写真へ移ろうとした。慌てふためいていたのだ。父と母がすぐそばにいたから、彼と彼女の耳にその言葉が届き、そのとたんに、私が彼らの秘密に通じていることが知られてしまうのではないかと思って——。

私たちは尤《もっと》もらしさの限界を超えて、フィクションを維持していた。

一九六七年六月、父の棺を降ろした墓穴は、あなたのお墓のすぐ横に掘られたのだった。母と私は、そのことを知らないかのように振る舞った。その次の夏、母の家で休暇を過ごしていた私は、庭で摘んだ花を父のお墓に手向けに行った。あなたのお墓にはその花を供えなかった。母がそのことについて何も言わなかったからだ。あなたが永眠している場所の名前さえ、一度も述べられる

＊『カフカ全集Ⅳ』江野専次郎、近藤圭一訳、新潮社、一九五九年、三〇九頁では、「魚みたいに裂いちやうぞ」。

ことがなかった。

ある時点で彼らは、私があなたの存在を知っていることに気がついたはずだ。――しかし、それがいつで、どんなサインのせいだったかを私が知ることは、もはや永遠にないだろう。年月とともに、今さら何のために沈黙を破るのかと感じられるようになっていた。秘密自体があまりに古びていた。彼らにとって、秘密を打ち明けるのはあまりに面倒なことだった。私も、うまく折り合いをつけて生きていたように思われる。子供たちは、大人が思うよりもうまく秘密を秘密にしたまま、これは口外してはいけないのだなと合点したことはけっして口外しないまま、折り合いをつけて生きていく。

思うに沈黙が、彼らにとっても、私にとっても好都合だったのだ。沈黙が私を保護してくれていた。沈黙のおかげで、私はある種の重圧を免れていた。家族の内に早く亡くなった子供がいる場合、家族がその子供を神聖視することがあるが、そうした神聖視は、生き残っている子供への無意識の残酷さをともなう。そんな様子を目の当たりにすると、私はいつも反発していた。従姉のCの母親は、Cに向かって、Cの姉のモニックを褒め称えてやまなかった。モニックは三歳で死んでしまったのだが、その母親によれば、きっと美人になったにちがいないのだった。私の両親はそんなふうではなかった。あなたのことを模範として掲げる可能性を、私に面と向かって〝あの娘はあんたよりいい子だった〟と言い放つ可能性を、あらかじめ自らに対して閉じていた。

　私は両親からあなたの話を聞かされたくなかった。もしかすると、黙して語らないでいるうちに、彼らがあなたのことを忘れてしまうよう期待していたかもしれない。この仮説が当たっていそうに思えるのは、これは大人になってからのことだが、彼らの心の中であなたは破壊不可能な存在なのだという明白な事実を認めるほかなくなるたびに自分が強く感じた、底深くて説明しがたい当惑を今も憶えているからだ。

一九八三年、医者が私の立ち会いのもと、失われていく母の記憶をテストしてくれている。母はめちゃくちゃな回答を続けているが、突然ぽつりと正しく返答する。〝私には娘が二人いました〟、と。彼女はあなたの生まれた年は憶えていず、代わりに、あなたの死んだ年である一九三八年を告げる。

一九六五年、夫と私は、両親がまだ見たことのなかった生後六ヵ月の最初の男の子を連れて、当時住んでいたボルドーから二人に会いに行った。私たちが車を降りると、父がその場にいて、ようやく孫に会える幸せに動転し、(孫息子が……と言うべきところで)〝孫娘が来たぞ!〟と叫ぶ。この無意識の言い間違いを——今でこそ私は美しさも含めてその意味の広がりを推し測るけれども——そのときは聞かなければよかったと思った。「孫娘が」という言葉で、私は落胆し、気持ちが暗くなった。もしかすると、嫌悪感を催していたかもしれない。あなたが私の子供の内に蘇るようなこと、私の体を介して蘇るようなことを、私は欲していなかった。

［この手紙を通して私が探し求めているのは、体や血とはいっさいつながりのないあなたの蘇りのひとつの形ではないだろうか。］

彼らは彼らで、黙っていることで自分たちを護っていた。あなたを護っていた。彼らの気持ちを引き裂いたかもしれない私の好奇心の届かぬ場所に、あなたを置いていた。彼らはあなたを自らのために、自らの心のうちに保護していた。あたかも、私には触れることを許さない聖櫃《せいひつ》の中に保存するかのように。あなたは、あの二人にとって聖なる存在だった。絶え間ない言い争いや夫婦げんかを超えて、二人を何よりも確実に結びつけている存在だった。一九五二年六月のある日、父が母を地下室に引っ張っていった。母を殺そうとしていた。私が間に割って入った。果たしてあなたのためだったのか、私のためだったのか、それは私には分からないが、彼は彼女を殺さなかった。その直後に自分が、

〝父さんは彼女が死んだときみたいに気が狂わんばかりだ〟と思い、泣きながら母に、「父さんは前にもこんなふうになったことがあるの?」と訊ねたことを憶えている。そうなのよという返答があることを期待していた。母は返事しなかった。

彼らを責める気はまったくない。子供を死なせてしまった両親に、彼らの悲しみが生きているほうの子供に及ぼす影響のことは分からない。

あの二人は、一人ずつ順に他界し、あなたについての生々しい記憶を、一九三八年四月に失われたすべてを墓場へ持っていってしまった。あなたが初めて歩いたときのこと、あなたが好きだった遊びのこと、あなたが子供らしく怖がったり嫌がったりしたこと、学校に上がったときのこと、そうした昔のあなたのことのすべてが、死のせいで、思い出すのも耐えがたいものとなった。反対に、私については、彼らはそんな話を飽きることなく繰り返した。私の子供時代がたくさんのエピソードを交えて語られる一方、あなたの子供時代は空白のままだった。

私はあなたには一度として、どんなわずかな欠点も、子供らしいほんの些細ないたずらも想定したことがない。あなたと同じ年頃に私がしてしまって「お仕置き」を受けたようなおこない、たとえば、ある日私は意地悪な気持ちに駆られて、本を読んでいた従姉のCの長い豊かな髪の巻き毛を一つ切ってしまったのだが、あなたがあんなことをするのは考えられない。過ちや罰とは無縁の存在だから。あなたには、本物の子供に見出せる特徴が一つもない。聖女さながらに、あなたには子供時代がなかった。私は一度も、生身の人としてあなたを想像したことがない。

1935年、ヴァリケルヴィル（イヴトーの近く）にて。
左から右へ順に、私の父、不詳、私の祖父、
父の兄弟アンリ、アンリの妻セシール、
アンリの息子ジャン、私の姉ジネット、不詳。

でもいったいどうして私は、まだ間に合ううちに、生存中のあなたを知っていた叔父や叔母に問いただささなかったのだろうか。あなたより四、五歳年上だった従姉のドゥニーズは、あなたといっしょに何枚かの写真に写っているのだが、戦前私の母と彼女の母が仲違いしたため、私と彼女の間には付き合いがなかった。そのドゥニーズも、私が彼女に会ってみようと一度もしないうちに、去年亡くなった。結局、私は知りたくなかったのだ……。十歳で私があなたの存在を知った、あのときのままのあなたにしておきたかったのだと思う。すでに死んでいて、清らかなままの状態。ひとつの神話。

あなたの写真の一枚を憶えている。両親の寝室の使われなくなった暖炉の上に飾られていたその写真を、私は長年目にしていたのだ。横には、聖母マリアの彫像が二体置かれていた。うちの一つは、私の病気の治癒後に母がルルドへ行って、向こうから持ち帰ったものだった。黄色の塗料が塗られていて、そのため夜は光って見えた。もう一つの像はより古く、雪花石膏《アラバスター》でできていて、両腕に不思議な麦の穂を抱えていた。写真はアーティスティックな修正写真で、金属製の脚のついたフォトフレームに入れられていた。雪のように白い、うっすらと青みを帯びた背景の上に、あなたの顔だけが浮かび上がっていた。卵形に束ねられたルイーズ・ブルックス（米国の女優・ダンサー、一九〇六〜八五年）風の艶やかな黒髪、お化粧をしたような濃い色の唇、白い肌。頬だけがわずかにバラ色がかっているように見えていた。

この本のテクストの真ん中に載せたかったのは、失われてしまったその写真だ。聖女としてのあなたの写真、私の想像界の中の写真。私の手許にある他のどの写真も代わりにはならない。手許にある写真のうちの一枚を外に出すことを考えただけでも、ひとつの瀆聖《とくせい》行為のように思えてぞっとする。

この手紙を書き始める以前、あなたのことを思うときの私の心境はある意味で平静だった。その平静さが今では粉砕されてしまっている。書き進めるにつれて私は、あたかも夢の中でのことのように、誰もいない泥炭の国の奥へ奥へと入って行き、単語から単語へと、何なのかはっきりしない物質に満たされている空間を踏破しつつ前進しなければならないようだ。あなたのための言語を、あなたのことを述べるための言語を自分は持ち合わせていないという気がする。また、否定の形でしか、どこまで行っても非在の形でしかあなたについて語ることができないという気がする。あなたは感情や情動を表す言語の外にいる。あなたは反‐言語そのものだ。

あなたのことは物語にできない。私に残っているあなたの思い出といえば、十歳の夏に想像した場面、死んだ娘と救われた娘が一体になるあの場面の思い出だけなのだ。あなたを存在させるためのものを、私は持ち合わせていない。手許にあるのは幾つかの写真の中の固定的なイメージだけで、それには動きも声もともなっていない。なにしろ当時は、動きや声を保存するための技術がまだ一般に普及していなかったのだから。かつて写真の残っていない死者たちがいたように、あなたは、録音・録画の残っていない死者たちのうちの一人だ。

あなたは、私の存在に残された痕跡を通してしか存在していない。あなたに手紙を書くのは、あなたの不在の周りを回ること以外の何物でもない。不在という遺産を記述すること。あなたは、書くことによって満たすことのできない空白の一形態だ。

あの二人の悲しみの中に入ることは私には不可能だった。あるいは、私の願望ではなかった——過去の自分が問題であるときには、この二つは溶け合ってしまう——。あの二人の悲しみは、私に先立っていて、私の関知し得ないことだった。その悲しみは私を除外していた。

母の心持ちのありようを察知し、見抜いてしまうのが嫌だった。礼拝行進で聖母マリアに捧げる讃美歌、「いつか聖母マリアさまに会いにいく」を、感情を昂ぶらせ、絶望感を漂わせて歌い、「天国へ、天国へ、天国へ」というそのリフレインでは調子が外れてしまうほどに声を高くする振る舞いの内に——。話の途中で急に黙り込んで、いっさい口をきかなくなる彼女独特の態度に——。また、私が学校、映画上映、サイクリングから帰るのがほんの少しでも遅くなるたびに、彼女は私の身に何かが、何かが起こったのではないかと案じ、それに対して私が傲慢さと悪意をもって、〝私に何が起こってほしいの〟と応じるというふうだったのだが、そんな彼女のひっきりなしの心配の内に——。

けれども、彼らの悲しみに関していえば、久しい以前から私は、それをそれと突き止めることはないまま聞き取っていたし、それだと確認することはないまま感じ取っていた。

・子猫を無理やり引き離されるときの母猫の嗄《しわが》れた悲嘆の声の内に――。農村式のやり方では、そうして子猫を生き埋めにしてしまうのだった。ある日私は、埋められた子猫たちをすぐ掘り出そうと決心し、この企てに従妹の一人を巻き込んで――彼女は今もこのことを憶えているという――事に及んだ。子猫たちを生き埋めにした当人の父が珍しく手を振り上げ、私はそれまでに一度も受けたことのなかった最初で最後の平手打ちを食らわされた。

・マタイによる福音書の中で預言者エレミヤが発する、「ラマで声が聞こえた。激しく嘆き悲しむ声だ。ラケルは子供たちのことで泣き、慰めてもらおうともしない、子供たちがもういないから」（新共同訳）という言葉の内に

――。

・デュ・ペリエ氏の失われた理性の内に――。娘の死を悲しむデュ・ペリエ氏にマレルブ[*1]が呈したあの愚かな『デュ・ペリエ氏を慰める詩』はいかにも衒学的だが、あれを私は第四学級（日本の中学の二年次に相当）のときに暗記させられた。

・アンドレ・シェニエ[*2]の詩で私が憶えた唯一の詩句、「ターラントの若い女性ミルト、彼女は逝った」の内に――。

私はあの二人の悲しみの中で生きていたのではない。あなたの不在の中で生きていた。

＊1　フランスの宮廷詩人で古典主義作詩法の先駆者、一五五五～一六二八年。

＊2　フランス革命期の詩人で、ロマン主義の先駆者、一七六二～九四年。

十三年前、あなたが他界した時期にリルボンヌで隣に住む年少の男の子だったフランシス・Gから一通の手紙を受け取り、それで初めて私は、両親の悲しみに近づいたのだった。その手紙には、こう書かれていた。「ラ・ヴァレの人たちも、その他の多くの人たちも皆、あなたのご両親のことを、それにジフテリアに罹って六歳で亡くなったあなたのお姉さん、ジネットさんのことを、よく憶えています。私の従姉たち［イヴェットとジャクリーヌ・H］によると、一週間以上もの間、馴染みのお客さんたちもご両親の食料品店にはとても行けなかったそうです。それほどに、ご両親の痛ましい様子を目にするのは辛かったのです。おそらく、あのひどい病気への恐れも手伝っていたのでしょうけれども」。あたかも私があの人たちの苦しみの現実性をひしひしと感じるために、出来事の生き証人の言葉が必要だったかのようだった。

感情を表す言葉を次々に思い浮かべてみても、その中に、子供時代とそれ以降に私があなたに対して抱いていた感情は見つからない。憎しみはなかった。あなたは死んでしまっていたから、憎しみの対象になり得なかった。愛情もなかった。近しい人であれ、遠い人であれ、ある人が他の人の心に呼び起こすどんな波紋もなかった。感情が白い布のようだった。「お墓」をめぐる両親のさまざまな思いの内に、表立って名を呼ばれることのないあなたの存在を薄々感じ取っていたとしても、せいぜい少し気難しい程度の中立的な感情。

あるいは、もしかすると、漠然としたある種の恐れ。あなたに仕返しされるのではないかという恐れ。

あなたのことを考えた憶えがない。自分の学習意欲と誇りの糧となる知が、ラテン語が！　代数が！　次々に入ってきていたし、愛と性のことで想像を逞《たくま》しくしていたから、他のことに関心を寄せる余裕はなかった。自分自身がどんな子供だったのか思い出したいという気持ちすらなく、ひたすら将来を夢見て思春期のただ中を生きていた娘に、戦前に亡くなった少女の実体のないイメージがどれほどの影響を及ぼし得ただろうか。自分に起こるすべての幸せなこと——初潮を迎える、恋に落ちる、『女の一生』『悪の華』を読む——と不幸なこと——一九五二年のある日曜日の事件——、また、イヴトーでの夏休みのように退屈で無気力な日々の中では起こらないが、しかし、学校で毎朝爽快な寒さを感じるにつけ、恋のシャンソンを聴くにつけ、週末、大学のあるルーアンからの列車から降りてくる女子学生たちの何かに心を奪われている様子を見るにつけ、いつかきっと起こると思えたすべてのことと比較すると、あなたの死はさほど重要ではなかったのにちがいない。

あなたは永久に六歳だったが、私のほうはこの世にいて、ますます歳を重ねていった。自分なりに抱いていたのは、――二十歳のとき、エリュアールの詩の中にそれの定義を見つけた――「耐え続けることへのかたくなな願い」*だった。あなたには、死しか訪れなかった。

私は生きていきたかった。病気が、癌が恐ろしかった。ある夏、十三歳の夏、また少し脚を引きずるようになっていたのだが、私はそのことを口外せず、靴の中の踵《かかと》の所に丸めた紙を詰めて補助にしていた。またギプスを嵌められ、ベルク・プラージュ（フランス北部、イギリス海峡に面する海岸）へと療養に送られるのではないかと不安だったのだ。もしかすると、私が力を得たのはあなたから、あなたの死から、そして奇蹟的だと感じていた自分自身の延命の体験からだったのかもしれない。

＊　一九四六年に発行されたポール・エリュアール（一八九五〜一九五二年）の詩集の表題作。翻訳は、嶋岡晨訳編『エリュアール詩集』（世界現代詩集10）、飯塚書店、一九六四年に所収。

あなたが私に余剰のエネルギーを、生きることへの熱望を注入してくれたのかもしれない。その熱望は、一九六〇年代、抗生物質の発見にもかかわらず結核死の例が身近になお多くあることに悩まされつつ、サン・ティレール・デュ・トゥヴェ（フランス南東部イゼール県の高地に所在する村）のサナトリウムの学生たちが胸に抱いていたのと同じものだったはずだ。奇《く》しくも、私はその後、あの学生たちのうちの一人で、自分の日記に「断末魔」という題をつけていた学生を——あれは偶然だったのだろうか——結婚相手に選ぶこととなった。

私は自分の有利さを自覚していた。それは一人っ子の、もう一人の子が死んだあとに生まれた子の有利さだった。何かにつけて気遣われ、心配され、可愛がられたのだ。私に関して彼が願っていたのは、何はともあれ幸せであることだった。彼女が望んでいたのは、何はともあれちゃんとした人になることだった。二人の思いが合わさった結果、私は親族の間や労働者の住むその界隈では羨まれる特権的な境遇にいた。けっしてパンなどの買い物に行かされることがなく、勉学を続けているからという口実で、うちの顧客にも「お店の仕事はしません」と答えていた。あなたは二人の悲しみだった。一方私は、自分が二人の希望であり、もめ事であり、最初の聖体拝領からバカロレア（中等教育修了・大学入学資格）試験にいたるまで、二人に起こるさまざまな事件であり、二人の成功であることを知っていた。私は彼らの未来だった。

時折、生きていたらあなたが何歳になっているかを計算することがあった。もっとも、概算にとどまった。長い間私はあなたが生まれた年を正確には知らなかったから。ともあれ、あなたは私より八歳か十歳は年上だった。この差は途轍もなかった。あなたを思い浮かべようとすれば、うちの店にやって来て、私を取るに足らない幼い少女のように扱うあの年長の大きな女の子たちの姿から連想するしかなかった。あの大きな女の子たちのような姉がいたらいいのにと思ったことはなかった。もしそんな姉がいたら、彼女は年齢でも、胸の大きさでも、持っている知識でも、認められている権利でも私に優越し、その高みから私を見下ろしただろう。あなたとは、何ひとつ共有できるものがなかっただろうと思う。自分より幼い、さらにいえば赤ちゃんのような妹がいたら、という考えのほうが気に入っていた。生きた人形がそこにいるかのように想像できたから。

けれども、あなたと私は、一人っ子でいるように運命づけられていたのだ。子供は一人しか作らないという父母の意志――それは、〝一人の子にしてやれることを二人の子にはしてやれない〟という彼らの言葉にはっきり示されていた――に沿うのは、あなたの命か私の命であって、両方の命ではなかった。

ほぼ三十年の歳月と『場所』（一九八四年一月に刊行されたA・エルノーの著作）の執筆を経て初めて私は、それまで自分の精神の中で互いに引き離されていたこの二つの事実――あなたの死と、子供は一人しか持てないという経済的拘束――を近づけた。すると、現実が閃光を放った。私がこの世に生まれたのは、あなたが死んで、私があなたの代わりになったからだった。

次の問いを避けるわけにはいかない。もし私が『場所』と題したあの本で、できる限り現実に即して書きたいという気持ちを抱かなかった場合も、果たしてあなたは、私が何年もの間あなたをその中に閉じ込めていた内面の暗闇から浮上していただろうか。あなたが再‐生したのは、執筆を通してだろうか。どの本を書くときも私は自分があらかじめ知ってはいない何かの中に降りていくのだが、その下降の行為を通してだろうか。今書いているこの本でもまた私は、果てしない回廊の中で絶え間なく積み重なる薄いヴェールを剝がし続けているような気がする。

あるいはまた、何がどうであれ、精神分析的解釈の基本的傾向が、私の知らぬ間に私をあなたの方へと導いたのではないだろうか。書く行為の奥底を暴いてそこから亡霊を狩り出せという命令に私を従わせることによって、である。そういう捉え方によれば、書く行為の奥底にはつねに亡霊が隠れているのであるらしく、作家は亡霊に操られているにすぎないということになる。そして、もしそうだとすれば、この手紙で私はあなたを精神分析のひとつの創作のように、つまり、われわれは死者たちに取り憑かれているという考え——これは原始主義《プリミティヴィズム》への一種の回帰だろう——への精神分析の執拗なこだわりの所産のように見なすしかないのではないだろうか。

近い関係を含意する「あなた」という呼び方は罠だ。この呼び方はどこか息苦しく、私からあなたへと、非難がましいところのある想像上の親密さを設定する。非難《ルプロッシェ》するために近づける《ラプロッシェ》のだ。巧妙にもこの呼び方は、あなたを私がこの世界にいることの原因にしようとし、私の存在をまるごとあなたの死去のせいにしようとする。

なにしろ、私の思考図式のうちに幸福と苦しみを天秤にかけて成立するものがいくつかあり、それらはあなたに由来していると思いたい誘惑が強いのだ。たとえば、私は心配する。楽しいひとときを過ごせば必ずそのあとで悲しみを味わうのではないか、成功すれば必ずそのぶん何かのかたちで罰を受けるのではないかと。あるいは、等価性という同じ原理を反転させることで、思春期の頃から性愛を除くあらゆる領域で癖になっている計算をすることもできた。つまり、幸福や成功を得る目的で、応分の苦しみを味わおうとするわけだ。この原理にしたがい、私はかつてバカロレア試験に合格するために、流行遅れのプリーツスカートを穿いて試験会場に行った。また、まるで拷問のように痛い歯医者の治療が失った恋を呼び戻してくれることを期待して、動じることなくその苦痛に耐ええた。もっとも、「ご利益《りやく》のある」こうした犠牲行為の実態は、罪《つみ》人《びと》たちを救うために自分の苦しみを捧げるというキリスト教的責務を利己的目的に流用することだった。

私の心の中で、あなたはキリスト教に基づくひとつのフィクションなのだろうか？　初聖体拝領式の日に、口蓋に貼り付いてしまったために私が舌先でばらばらにした聖体のパンはキリストの現存《プレザンス・レエル》（聖体の中にキリストの体と血が実在すること）であったので、そのとき私は、それと知っての罪を、つまり大罪を犯していると思った。この過ちを告解で打ち明けることが恐ろしくて、私の絶望は月を経るごとに深くなった。好ましくない聖体拝領を毎月繰り返し、私はきっと劫罰《ごうばつ》を受けるという確信に落ち込んでいった。

私はここで、ひとつの影を追いかけることしかしていない。

自分の内側よりも、もしかすると私があなたを探すべきは自分の外の世界なのかもしれない。つまり、私ができることならああなりたいと思っていたあの少女たち、上級学年のあの生徒たちの間なのかもしれない。マドレーヌ・トゥルマント、フランソワーズ・ルヌー、ジャニンヌ・ベルヴィルと、彼女たちの名前をここで挙げてゆくと、私は子供に戻ってしまう。学校で定められていた青い上っ張りを着て、校庭であの神秘的な女神たちを盗み見ていた小学校の高学年や第六学級の子供に――。彼女たちが眼差しを投げかけてくれることや、まして何か言葉をかけてくれることは、まったく期待していなかった。ただただ、眺めていた。

あるいは、小説や映画の情景、なぜか分からないが私を動揺させた絵画など、けっして忘れられないものの中ならば、もっと確かな手応えがあるにちがいない。あなたを探すべきなのはおそらくそこ、自分以外の誰にも読めない個人的な想像力の目録の中なのだ。そこでなら、あなたがたの代わりにそれをしてあげたなどと自慢できる人のいない作業によってあなたを発見できる。私はすでに知っている。『ジェイン・エア』（シャーロット・ブロンテの小説。一八四七年初版）に登場する賢くて敬虔なヘレン・バーンズの中に滑り込んでいたのはあなただ。ヘレンは、ブロックルハースト氏のあの陰鬱な寮でのジェインの年長の友人で、結核に罹って衰弱している。そのヘレンに、ある日の夜、生徒たちを次々に死なせたチフスの猛威を奇蹟的に免れたジェインが医務室で再会する。ヘレンは彼女を促して自分のベッドに入らせる。

「じゃ、さよならを言いに来てくれたのね。ちょうど間に合ったみたい」

「どこかに行くの、ヘレン？　おうちに帰るの？」

「ええ、終《つい》の住みかへ。最後の家へね」

「いやよ、いやよ、ヘレン！」

「でも、ヘレン、どこへ行くの？　目に見えるの？　わかっているの？」

「信じているの、信仰があるから。わたしは神さまのもとへ行くのよ」

「神さまって、どこにいるの？　神さまって、なに？*」

翌朝、人びとはヘレンに抱きついたまま眠りに落ちていたジェインを引き離す。ヘレンはすでに息絶えていた。

＊『ジェイン・エア（上）』河島弘美訳、岩波文庫、一五八〜一五九頁、一部中略。

眼前に一枚の写真がある。二十年ほど前に従姉のCが私に送ってくれたものだ。写っているのはあなたを含めて三人で、二つの通りが交わる角の歩道にいる。父は長身で、にこやかだ。地味な色のダブルのスーツを着込み、いかにもよそ行きの恰好をしている。手には縁付きの帽子を持っている（私の知る父が被っていたのはいつもベレー帽だった）。父の横には、聖体拝領者となった姪のドゥニーズがいて、丈の長い白のワンピースを着ている。外に出ているのはヴェール付きのボンネットに縁どられた顔と、踝《くるぶし》だけだ。ドゥニーズの手前に小さな女の子が立っていて、その褐色の髪の頭部がドゥニーズの胸の辺りま

1937年、ル・アーヴルにて。
私の父、（左側に）私の従姉ドゥニーズ、
（手前に）私の姉ジネット。

で届いている。それがあなただ。あなたも全身白い服、半袖のワンピースを身にまとい、短いソックスと軽いサンダルを履いている。髪は耳のすぐ下でブラントカットに整えられ、真ん中に分け目、左側にピン留めのリボンがある。その髪があなたの張り出した広い額《ひたい》を黒っぽい色で縁取り、一風変わった完璧な形の弓形を成している。あなたはニコリともせず、真剣な眼差しでカメラを見つめている。口はくすんだ赤色に見え、細部ではあるが目を引く。あなたのしぐさも同様だ。あなたは両手を大きく開いて、左右の指の先を互いに触れ合わせている。二人の白い衣が重なり、あなたはドゥニーズの中に溶け込んでいるように見える。彼女のヴェールがあなたの上腕を覆っている。三人の背後の壁面にポスターが貼られている。目に飛び込む大きな文字で、物価高――食糧制度改善――賃上げ――有給休暇――週四十時間労働。遠くには、「地中海」という看板を掲げた大きな建物があり、その方へ三人のぼんやりした影が伸びている。この三人の正装は、都市の半工業化区域に特有のどことなく荒廃した雰囲気と対照的だ。この写真は一九三七年にル・アーヴルで撮影された。あなたは五歳。あと一年で他界する。

あなたのまじめな顔と、戯れに大きく広げた指と、か細い両脚を私は眺める。写真の中では、あなたは私の幼年期の不吉な影であることをやめており、もはや聖女でもない。あなたは、ジフテリアが流行していた時代に、突然時間の外に出てしまった少女だ。世界の表面から引き離されたのだ。祝祭のこの日、写真のこの瞬間に世界は、ル・アーヴルの庶民的な界隈で、セメントで縁を固められた広い歩道の形態と実体を備えていたのだった。

どこまでもあなたの人生の引き継ぎだった私の人生の拡がりが、私を圧倒する。私の背後にあるすべてが夥しい。見たもの、聞いたこと、学んだこと、忘れたこと、接した女性たち、男性たち、歩いた街路、過ごした夜、出会った朝。溢れ出てくるイメージに、今にも溺れそうな気がする。

遥か遠くに、でもくっきりと、いちばん初めの頃のイメージがある。そこはリルボンヌだ。

・ビリヤード台を備えたカフェのフロア、平行に並べられた大理石のテーブル、客たちのぼんやりした輪郭。もっとも、テーブルについていた一組のカップル、フォルドラン夫妻の様子はよく憶えている。奥さんの歯が二、三本しか残っていなかった。

・食料品店のスペースからガラス戸で区切られ、石を敷き詰めた小さな中庭に面していた台所。

・階段の上にあった食堂。テーブルの上では、黒とオレンジのセルロイド製の造花が器の中で混ぜこぜになっていた。

・毛足が短くて、いつ見ても身を震わせていた雌犬のプペット。川伝いに来る鼠を獲っていた。

・デジュネテ紡績工場のがっしりした褐色の建物と、鉄製の輪をフレームにして林立していた巨大な煙突。
・水車と、緑がかった色のその羽根車。

これらのイメージを、私は自分の本の中に書き込んできた。その同じイメージがあなたのものでもあったと思うと、不思議な気がする。いっそう不思議なのは、あなたと私が人びとの記憶の内にいっしょに存在しているのを確認するときだ。たとえば、フランシス・Gが私に宛てた一九九七年の手紙のこの一節。「従姉のイヴェットは、いい天気の日にはあなたのお姉さんのジネットさんを外へ連れ出したものだと話していました。手を引いて、トリニテ＝デュ＝モン（ノルマンディー地方、セーヌ＝マリティーム県の村）に通じる道を散歩したのだそうです。ジャクリーヌのほうは、あなたがまだほんの赤ん坊だったときに抱っこしたことを憶えているそうです。彼女によると、あなたはその頃、か弱い両脚にギプスを嵌めていて、それでデュシェーヌおばさんがぼくに、よくよく気をつけるように言っていたそうです」

ぼんやりとだが、私はあなたを知っていたリルボンヌの人たちの顔を思い出す。その人たちの名前は、不明確ながらもあなたの周りに飛び交っていたはずだ。ムルジェさんたち、ボルドーさんたち、ヴァンサン、ユード、トランシャン、ルクレール神父と水車の共同所有者たち、一匹の猿をペットにしていたボッシュさんたち。あなたが耳にした街路の名称や場所の名称を私も耳にして、憶えている。一九四五年以来一度も戻ったことはないけれども。セザリーヌ通り、グベール＝ムーラン通り、ラ・フレネーユ、ル・ベケ。

あなたのことを憶えていた祖父母、叔父や叔母たち、従兄弟や従姉妹たちを、私は憶えている。彼らのことを本に書いてきた。

あなたと私は双方、同じ人びとのただ中で物心がついたのだった。暑さと寒さ、空腹と喉の渇き、食べ物、天気など、この世にあるものすべてを私たちの前に提示したのは、同じ声音《こわね》、同じ身振り、同じ言葉遣い――のちに私が学校で、そんなのは「良い」フランス語ではないと教わることになった言葉遣い――だった。

私たちは同じ歌で寝かしつけられた。寝かしつけるのが父なら、「貧乏で困ったら、帰っておいで僕のもとへ」[*1]、母なら、『さくらんぼの実る頃』か、「愛は大空に漂い、四方に広がってゆく、愛こそが哀れな世界を慰める」という悲しいアリア[*2]だった。

私たちは同じ体から生まれた。そのことを本気で考えようとしたことは一度

＊1　一九二〇年代に活躍した歌手アンドレ・ペルシコ（一八八八〜一九五〇年）の有名な曲『貧乏で困ったら』のリフレイン。
＊2　歌手で俳優のアンドレ・ボージェ（一八九三〜一九六六年）が作詩し、歌った。

もない。

私はリルボンヌの家の台所にいる自分を思い出す。店を閉めて、夜食をとったあとのひとときだ。私は母の膝の上に乗り、縮こまって彼女の胸にしがみついている。母は童謡『北の橋の上で』を歌っている。父は母と向かい合わせに腰かけている。

曇り空の日曜日、イヴトーで散歩している。彼と彼女が私の手を引いてくれている。私は、二人の靴が石ころだらけの道を踏みしめて進むのを見ている。その横を行く私の靴はとても小さい。

これらのイメージにおいて、私は一度として自分の立場にいるあなたを想像することがない。自分が両親といっしょにいる場面には、あなたを思い浮かべることができない。

自分がいた所にあなたを置いてみることはできないのだ。それは自分の存在をあなたの存在に置き換えることだから。死があり、そして生がある。あなたか、それとも私か。自分がこの世にいるために、私にはあなたを否定する必要があった。

二〇〇三年、自分の日記の中に、例の記憶の中の場面を再確認した。「私はあの娘のようにいい子ではない。私は締め出されている。だから私は、愛に生きるのではなく、孤独と知性に生きることになるだろう」

数年前、リルボンヌに立ち寄り、ラ・ヴァレ界隈に行ってみた。ラ・タヌリ通り（「タヌリ」は鞣し工場の意）で、私たち二人の共通の生家、カフェ兼食料品店を外から眺めた。一九七〇年代以降はふつうの住宅になっていると、かねてより聞いていた。建物の正面は、周囲の建物の灰色の外壁に溶け込まない真っ白の漆喰で

リルボンヌのラ・タヌリ通り。

塗り固められ、すっかり改修され――食料品店のドアは窓に変わっていた――、旧商店の痕跡を残していなかった。建物の中を見たいという気持ちを抱いて訪れたのではなかった。現実感はそれ自体では存続せず、絶えず補強し、塗り直し、張り直して初めて維持されるものだとは承知していたものの、それでも私は行く前から、リフォームや他人の家具の存在によって記憶が傷つけられることを恐れていたのだ。

昨夏、その頃はあなたへのこの手紙に取りかかろうと未だ思っていなかったが、今度はあの家の中に入ってみたいという願望が湧いた。現在の住人たちにまず面会することの困難、そして、私を家の中に入れることへのその人たち――もちろん当然ではあるが、苛立たしくもある――ためらいを打ち破ることの困難に直面するにつれ、その願望はますます差し迫ったものになった。私はまるで、あの家の中に入ればある種の新事実発見に恵まれると期待しているかのようだった。といっても、場合によってはそれについて書こうというような思惑は頭になく、そんなことは二の次だった。

手紙とメールを何回かやり取りしたあと、家の持ち主である五十歳前後の夫妻がこの四月、私が家の中に入ることを許可してくれた。その家に足を踏み入れるのは一九四五年以来のことだった。

一階では、すべてが変わったような印象を受けた。仕切り壁が取り払われ、一部屋だけになっていた。見覚えがあったのは、とても低くて手を伸ばせば届きそうな天井と、川沿いの小さな中庭だけだった。トイレ、洗濯場、兎の飼育場はなくなっていた。上の階には、通りに面した二部屋と中庭側の二部屋の間に新たに仕切り壁――これは私の記憶にはない――を設《しつら》えたらしく、狭い廊下ができていた。右手の最初の部屋は、かつて私の両親の寝室だったように、今も夫妻の寝室になっている。ベッドも以前と同じように窓に平行に置かれている。サイズが小さく感じられるものの、すべてが子供の頃の私の記憶に一致していた。おそらく、もし誰かに目隠しされて、行き先を告げられずにこの部屋に連れて来られていたなら、私は自分がどこにいるのか言い当てられなかっただろう。だが、今のこの状況下では、この部屋が一九四五年のあの部屋と同じものであることを疑う余地はいっさいない。なにしろ、川に面する側に窓があって、その光景が当時から私がずっと心に保全してきた光景そのままなのだから、間違いはあり得ない。

私はベッドを眺めていた。そのベッドを自分の親のベッドに置き換えようとし、その傍《かたわ》らに、ローズウッド製の小さなベッドを想像しようとしていた。私に思念らしい思念はなく、ただ単に、「この場所だ」という思いだけがあった。私は一種、欠けているものが何もないような感覚を覚えていた。その感覚を構成する驚きと不可思議な満足感は、自分がこの世界のまさにその場所で、その壁に囲まれ、その窓のそばにいることに、そして自分が、私たち二人にとってすべてが始まった、同時にではなく順々に始まった場所であるその寝室を眺める眼差しであることに由来していた。すべてが決まった場所。生と死の交錯した寝室が、その日の午後の終わりの陽射しを浴びていた。偶然という謎の場所。

今ここで思いをめぐらせると、あるときには、今年の四月に訪れたあの明るい寝室が目に浮かぶ。家の現在の所有者である女性がすぐ横にいたため、気になって落ち着けなかったあの折のあの感じや、室内の暑さが思い出される。またあるときには、私はもうひとつの曖昧でぼやけた寝室の中にいて、側板《がわいた》付きの子供用ベッドに寝そべり、小さな影のようになっている。前者の寝室ではどんな体験もしていないので、そのイメージは遅かれ早かれ短期間で消え去るだろう。これまでの経験ではいつもそうだった。現にベッドカバーがどんな色だったかも、どんな家具が置いてあったかも、もう忘れてしまった。後者のイメージは消し去りようがない。

ピーターパンは両親が自分の揺りかごを覗き込んでいるのを見たあとで、開いていた窓から逃げた。ある日、彼は戻って来る。窓が閉まっている。揺りかごの中には別の子供がいる。ふたたび、彼は逃げ出す。彼は大人になることが永遠にない。物語のいくつかのバージョンでは、彼は死にかけている子供を探しに家々にやって来る。あなたはおそらくこの話を知らなかったでしょうね。私も第四学級の英語の授業で教わるまでは知らなかった。この話を好きになったことは一度もない。

一九四五年十一月七日、イヴトーに戻って三週間後、両親はあなたのお墓のすぐ隣に改めて一区画を買った。まず父が一九六七年にそこに葬られた。母がその墓に入ったのは、それから十九年後だった。私は、ノルマンディー地方のあなたたちの近くに埋葬されることはないだろう。もうひとりの娘、それは私だ。その娘は彼らの所から逃げ出し、どこか遠く離れた余所《よそ》へ行ってしまった。

あと数日したら、私は諸聖人の祝日の習いでお墓参りに行く。今回、あなたに話すことがあるかどうか分からない。この手紙を書いたことを自分が恥ずかしく思うのか、それとも誇らしく思うのか分からないし、それに、なぜ書いてみたいという気になったのかも判然としないままだ。もしかすると、あなたの死が私に与えた存在を今度は私があなたに与えることで、想像上の借りを返そうと望んだのかもしれない。あるいはまた、あなたをふたたび生きさせ、そしてふたたび死なせることで、あなたから、あなたの影から解放されたかったのかもしれない。つまり、〈あなたから〉逃れたかったのかも——。

死者たちの長い寿命に対して闘うこと。

もちろん、この手紙の宛先はあなたではなく、あなたがこれを読むことはない。ほかの人たち、読者たち、私が書いているときにはあなたと同様にその姿の見えない人たちこそが、この手紙を受け取る。とはいえ、私の心の中の一種魔術的な思念の基底には、論理的には考えられないやり方、類推的なやり方で、この手紙があなたに届けばいいという気持ちが潜んでいる。かつて夏のある日曜日——おそらくはパヴェーゼがトリノのホテルの一室で自殺したあの日曜日——に、これもまた私を宛先としてはいなかったある物語によって、私に先立ってあなたがいたという知らせが私に届いたように。

二〇一〇年十月

訳者あとがき

『若い男』は、二〇二二年の五月初旬にパリのガリマール社から刊行されたアニー・エルノーの最新作である。『若い男』の上梓から約五カ月を経た二〇二二年十月にエルノーがノーベル文学賞を受賞したことは、今も記憶に新しい。

『もうひとりの娘』は、二〇二三年八月にガリマール社のフォリオ文庫の一冊として再版されたエルノーの作品をこのたび完訳したものであるが、後述するように、この原典の初版は二〇一一年に遡る。

『若い男』では、アニー・エルノー（と思しき「私」）が第一人称で、一九九四年から九七年にかけて三年ばかり続いた恋愛関係を語っている。当時、エルノーは成功した熟年作家で五十四歳を越えていたが、相手のAは三十歳年下、エルノーと等しく下層庶民の出で、かつての彼女同様に北仏ルーアンに住んでルーアン大学に通う二十五歳の大学生だったという。

この作品の原稿は、一九九八年から二〇〇〇年にかけて執筆されたあと、未完成のまま捨て置かれていた。二〇〇〇年といえば、エルノーが一九六四年の妊娠中絶体験を描く『事件』（『嫉妬／事件』堀茂樹・菊地よしみ訳、ハヤカワepi文庫所収）を上梓した年である。『事件』の執筆を優先するために放置された原稿がふたたび見出され、しかるべき補筆を施されたのは、二〇〇八年の *Les Années*（『歳月』、未訳）や二〇一六年の *Mémoires de Fille*（『娘時代の記憶』、未訳）を経た二〇二二年、エルノーの未発表原稿や日記などを収録する大判の本『カイエ、アニー・エルノー』（カイエ・ド・レルヌ叢書）の準備中のことだった。

その再発見のとき、エルノーは、「ここには自分にとって大切なすべてのものが沈殿している」と感じたそうだ。大切なものとは「すなわち時間であり、記憶であり、当時付き合っていた若い男性が私自身の社会的出自を体現する存在だったという事実」だという（ラジオ局「フランス・キュルテュール」二〇二二年六月二十四日の放送）。

だからこそ彼女はすこぶる意志的に『若い男』の原稿を完成し、「若い男」との体験に形を与え、形を与えることで、その体験を半永続的な何かとして残そうとした。本作の冒頭に掲げられている文言、「もし私がそれを書かなければ、物事は完遂しなかった。体験されただけにとどまった」は、書く行為によって体験を経験化することへの積極的なこだわりを表明している。

『若い男』は一息で読んでしまえる小品だが、表現とその中身の密度は高い。老年に到っていよいよ円熟したアニー・エルノーが――奇しくもノーベル文学賞を授与される直前に――自らの文筆全体を濃縮してみせたような気味があるので、ぜひ味読してみていただきたい。

『もうひとりの娘』が初めて世に出たのは二〇一一年で、その折には、パリのNiLエディションから、新企画「解放された者たち」叢書の最初の一冊として刊行されたのだった。

　その初版テクストと、このたび拙訳が底本とした再版――フォリオ文庫版――のテクストを比較対照してみると、二カ所で段落と段落の間の空間の置き方が変更されているが、それ以外に注目すべき異同はない。ただし、ＮｉＬエディション版では、キャプションの付いていない写真が二点掲載されているだけだったのに対し、フォリオ文庫版では、その二点に加えて四点の写真が追加され、すべての写真に簡単なキャプションが付けられている。

「解放された者たち」叢書は、執筆者らに対し、任意の誰かに宛てて「これまでに一度も書いたことのない手紙」を書くよう要請していた。エルノーが宛先人に選んだのは、彼女の生年より二年早い一九三八年にジフテリアに罹って六歳で死んだ姉のジネットだった。

　しかしエルノーは、会ったこともないその姉のことを、親から教え聞かされていたのではまったくない。それどころか、十歳だった一九五〇年八月のある日曜日に母親の会話を偶然盗み聞くまで、その姉が存在したことすら知らなかったのであり、その後も彼女と両親の間で、姉のことは口の端にさえ上らなかった。エルノーが一人っ子だったのは、彼女の父母が、〝一人の子にしてやれることを二人の子にはしてやれない〟境遇の下層庶民だったからにほかならない。

自伝的と評されるアニー・エルノーのテクストが常にそうであるように、『もうひとりの娘』もまた、記憶の暗がりの中のサーチライトのように、エルノー個人のケースを超える社会的・歴史的現実を照らし出す。

この作家は、内面的な回想の内にではなく、外界の客観的認識がもたらす自我相対化の照明の下で、自らの実存を見つめる。「もうひとりの娘、それは〔姉のジネットではなく〕わたしだ。その娘は彼ら〔＝父母〕の所から逃げ出し、どこか遠く離れた余所《よそ》へ行ってしまった」という彼女の言葉の痛切さに打たれるのは、筆者だけではあるまい。

二〇二四年三月末日

訳者略歴　1952年生，フランス文学者，翻訳家　訳書『シンプルな情熱』『場所』『ある女』『凍りついた女』アニー・エルノー，『悪童日記』『ふたりの証拠』『第三の嘘』アゴタ・クリストフ（以上早川書房刊）他多数

若《わか》い男《おとこ》／もうひとりの娘《むすめ》

2024年5月20日　初版印刷
2024年5月25日　初版発行

著者　アニー・エルノー

訳者　堀《ほり》　茂樹《しげき》

発行者　早川　浩

発行所　株式会社早川書房
東京都千代田区神田多町2－2
電話　03－3252－3111
振替　00160－3－47799
https://www.hayakawa-online.co.jp

印刷所　株式会社亨有堂印刷所
製本所　大口製本印刷株式会社

Printed and bound in Japan

ISBN978-4-15-210331-4 C0097

乱丁・落丁本は小社制作部宛お送り下さい。
送料小社負担にてお取りかえいたします。

早川書房の単行本

凍りついた女

La Femme gelée

ノーベル文学賞受賞
アニー・エルノー
堀 茂樹訳
四六判変型上製

エリートビジネスマンを夫に持ち、子供も二人いて、快適なアパルトマンに暮らす高校教師。彼女はこの生活に失望している。家事に明け暮れ、生きる意欲と好奇心が錆びついていくのを感じる日々。自由と自立のなかの幸福を目指してきたはずなのに……。「女の子」として、「女性」としてどう生きてきたかを語る自伝的作品

早川書房の単行本

場所

La Place

ノーベル文学賞受賞

アニー・エルノー

堀 茂樹訳

四六判変型上製

〈ルノードー賞受賞〉父は労働者階級の出身だった。十二歳で学校を辞めさせられてからは働き通しで、仏語の綴りもままならず、知識階級に引け目を感じていた。娘が本を読むことも嫌がった。その娘が教師、そして作家になって、父は何を思ったか――。自分から離れていく娘へのわだかまりを抱えた父をめぐる自伝的作品